Am 22. August 2009 besetzen 200 Künstler in Hamburg die leerstehenden Häuser des Gängeviertels und richten dort Galerien, Ateliers und Partyräume ein, um damit auf dringend benötigten Raum für kreative Menschen in der Stadt aufmerksam zu machen.

Noah, ein Künstler mit Leib und Seele, erlebt die außergewöhnliche Besetzung hautnah und wird ein Teil des Ganzen. Aus Sicht des Künstlers, der nebenbei auch das ganze Viertel bekocht, werden wir Zeugen der chronologischen Entwicklung dieses einzigartigen Projekts. Ein friedlicher Kampf voller Hoffnung, Kunst und Partys beginnt. Mitten in der Hamburger City entsteht eine Insel der Kreativität, zu der viele Menschen aus aller Welt pilgern, um gemeinsam Kunst oder Musik zu machen, zu feiern oder einfach sie selbst zu sein.

Be´shan, 1970 in Tiflis/Georgien geboren, lebt und arbeitet als Künstler, Autor und Kunsttherapeut in Hamburg.

BE´SHAN

MAGISCHES VIERTEL

CHRONIK EINER AUSSERGEWÖHNLICHEN BESETZUNG

Copyright© 2018 Be´shan

Umschlaggestaltung: Be´shan

Lektorat: Gabriele Koske

Herstellung und Verlag: BoD – Books on Demand,
Norderstedt

ISBN: 978-3-7528-3866-4

Mehr Information über den Autor:

www.beshan-art.de
www.kunsterlebnisse.com

Inhalt

1.
EINES WUNDERSCHÖNEN SOMMERS

Noah hatte Glück, er hat eine Zweizimmerwohnung im sogenannten Szeneviertel Hamburg Ottensen. Vollgestopft mit großformatigen Ölbildern, eine regelrechte Museumswohnung, in der das Wohnzimmer in zwei Bereiche geteilt ist, in einen Wohn- und einen Malbereich. Hier malt er seit seinem abgeschlossenen Kunststudium, und es riecht immer nach Ölfarbe, die Möbel sind voller Farbspritzer und es sieht alles nach einer gewissen Bohème aus. Die ganze Wohnung ist ein einziges großes Gemälde, es war schon immer sein größter Wunsch, in einem großen Bild zu leben, und nun ist es Realität geworden.

Die Augustsonne brennt. Das Jahr 2009 atmet noch die Luft der Finanzkrise, die auch das Leben der etablierten Künstler erschwert haben soll. Ihre Bilder verkaufen sich nicht mehr für 300 000 Euro, nur noch für 150 000 oder noch weniger. Pech für Sotheby's und wie die Häuser alle heißen. Für Noah ändert sich dadurch natürlich gar nichts, aber auch die Ängste der Otto Normalverbraucher haben zugenommen und nun kaufen sie noch weniger bezahlbare Kunst, vor allem, seit Ikea und Aldi ebenfalls in Kunst machen.

Ein Besuch seines alten Freundes Charles steht an. Ein waschechter 68er, der sich nie einer politischen oder künstlerischen Gruppe angeschlossen hatte, Fotograf und Philosoph. Ein Einzelgänger. Er klingelt schon an der Tür.

„Komm, lass uns ein paar Fotos machen", sagt er gleich beim Reinkommen, „es ist herrlich draußen!"

„Gerne, aber erst die Stärkung."

Der Gastgeber serviert den gekühlten Chardonnay. Außerdem präsentiert er dem älteren Freund ein neues Bild. Ein großformatiges, farbenprächtiges Bild mit abstrahierten Blumen.

„Und?", fragt er aufgeregt, auch wenn er sich geschworen hat, nie wieder jemanden um seine Meinung zu einem seiner Bilder zu bitten. Damit hat er meist schlechte Erfahrungen gemacht. Aber Charles' Meinung zählt, egal was er sagt.

„Ja."

„Ja was?"

„Es gefällt mir!"

Wenn Charles das sagt, dann meint er es auch so. Dann folgt etwas, das typisch ist für Charles, der nie ein Blatt vor den Mund nimmt:

„Du stinkst nach Schweiß."

Hamburger Schule, direkt und undiplomatisch. Nur die Wahrheit, nichts als die heilige, nackte Wahrheit!

5 Stunden in glühender Hitze gemalt, kein Wunder. Wer will schon Ihre Heiligkeit mit Namen Muse einfach so unterbrechen, wegen ein paar läppischer Schweißtropfen? Jetzt erinnert sich der Künstler, wie er sich in den letzten Stunden gefühlt hatte: wie beim Duschen, nur ohne Wasser.

Er springt schnell unter die Dusche und sie gehen hinaus in die brennende Sonne.

„Wie heißt nun das neue Bild?", fragt Charles.

„Überschwemmte Wünsche blühen wieder auf."

Der alte Freund sagt nichts dazu. Vielleicht zu lyrisch für ihn, er mag weder Lyrik noch andere Sentimentalitäten, dafür hat er zu viel Übles in seinem Leben erlebt. Möglicherweise stirbt die Empfänglichkeit für Lyrik ab 55. Aber da ist Hoffnung drin, hätte Noah fast noch hinterhergeschickt, doch er lässt es lieber bleiben, man kann ja nicht immer nur Lob kriegen. Der Titel ist schließlich nicht so wichtig, Hauptsache, das Bild selbst gefällt Charles.

Die zwei schießen einige Fotos, meist künstlerische Porträts von Noah, der sei sehr fotogen, sagt Charles oft. Entlang der Ottenser Hauptstraße nehmen sie jede urbane Ecke dieses Stadtteils vor die Linse. Die Passanten gucken neugierig zu. Besonders die jungen Mädchen.

„Mit einer Kamera lockst du sie immer", grinst Charles mit altehrwürdigem kessem Lächeln, „was glaubst du, warum ich immer mit der Kamera rumlaufe."

Aha! Viele seiner Geschichten gehören in die seligen 70er Jahre, die Kamera war tatsächlich eine Wunderwaffe in der Kunst, das weibliche Geschlecht, besonders das junge, anzuziehen, und sie ist es immer noch. Die gestreiften Sakkos, die die beiden Künstler tragen, steigern das Interesse noch mehr. Noah macht immerzu allerlei Faxen und wirft sich exaltiert in Pose, doch das nervt Charles, „bleib einfach so, wie du bist, und guck nicht in die Kamera."

Der Weg führt auf die andere Seite des Altonaer Bahnhofs, in die neue Große Bergstraße, wo einst das Leben blühte und nun etwas Undefinierbares entstanden ist, eine Fußgängerzone ohne Charme, aber vielen Bars. Charles will wieder zurück, „das ist ja eine tote Ecke hier." Da hat er recht, verarmte Altonaer mit merkwürdigem Slang, Digger und Alte von allen Seiten, auch viel Übergewicht springt ins Auge. Dann ein Blick auf das ehemalige Karstadt-gebäude.

„Was ist denn hier passiert?", fragt der neugierige Fotograf. Es sieht aus, als hätte eine pinselbewehrte Armee das Gebäude gestürmt.

„Hier hausen Künstler. So eine Art Besetzung. Sie nennen sich Frappant", antwortet Noah und erinnert sich, dass ein befreundeter russischer Künstler hier in diesen Betonkatakomben ein Atelier hat.

„Dann lass uns ihn besuchen."

Die Tore sind verschlossen.

„Pjotr!", schreit Noah, so laut er kann. Und Pjotr lässt nicht lange auf sich warten. In einem Fenster im zweiten Stock zeigt sich ein Kopf mit langer Mähne. „Ja, ich mache auf, warte."

Drinnen im Flur ist es genauso uncharmant und trostlos wie draußen vor der Tür. Dieses Stück Beton lässt sich offensichtlich nicht einmal mit ein wenig Kunst verschönern. Es reihen sich Tür an Tür, und du hast das Gefühl, als Buchhalter in einer großen Firma zu arbeiten. Offensichtlich wurde eine Büroetage in Ateliers umgewandelt. Aber ein Blick in Pjotrs Atelier entschädigt für die kurze

Enttäuschung. Alte russische Schule, da wird noch das Handwerk geschätzt. Es riecht angenehm nach Farbe und ein geordnetes Chaos im typischen Atelierstil macht die Laune wieder top.

„Meine neue Arbeiten", zeigt der Hausherr seine Acrylbilder. Alte Schiffe mit in Gold gehaltenem Hintergrund, ikonenhaft und doch modern. Charles ist mit seiner Kamera beschäftigt und scheint perfektes Licht zu erwischen.

Das Atelier ist ziemlich klein. „Besser als nichts", sagt Pjotr.

Er gibt dem Künstlerkollegen einen getippten Text. Noah überfliegt ihn im Stehen und guckt hin und wieder aus dem Fenster, wie die Sonne über dem abendlichen Altona untergeht.

„Was meinst du?", fragt der Russe.

Eine Gruppe Künstler und Historiker wollen sich in einer Woche im … wie war das noch mal … ja, im Gängeviertel treffen und womöglich dort leer stehende Häuser besetzen.

„Was ist denn überhaupt das Gängeviertel? Noch nie was davon gehört."

„Das ist ein Viertel zwischen Musikhalle und Gänsemarkt", weiß Charles, er fotografiert nun die beiden Künstler mit eingeschaltetem Blitz.

„Du brauchst unbedingt ein Atelier, da könntest du eins bekommen, wenn alles gutgeht."

Sagt Pjotr und bietet seinem Besuch Kaffee an. Er trinkt seit Langem keinen Alkohol mehr, zu viel gesoffen, war nah dran abzukratzen, dafür kifft er umso mehr, aber einen Joint gibt es heute nicht.

11

Klick! Jetzt weiß Noah wieder, wo das besagte Viertel liegt. Er erinnert sich, mit einem Freund dort vor etwa einem Monat eine Party gefeiert zu haben. Es war sehr dunkel und irgendwie nicht ganz real in dieser Nacht. Sie mussten in einer Bar namens „Kaschemme" die Treppen steil nach unten gehen und dann landeten sie in einem Keller voller Dunkelheit, Röhren und Ratten. Es roch seltsam. Auch das Publikum war nicht sonderlich sympathisch. Was Noah aber gefallen hatte, war der Häuserkomplex an sich, und sofort hatte er an Atelierräume gedacht.

Ein Atelier, das ist es, was ein Künstler unbedingt braucht. An welchem Ort soll er denn sonst all die Farbe auskotzen? Zu Hause, so wie er es momentan tut? Ja, das tun viele, aber das ist nicht das Wahre; man braucht einen Raum, wo man alles stehen und liegen lassen kann, und am nächsten Tag geht es dann weiter mit der Arbeit. Man braucht Abstand zu seinem Werk. Doch angesichts der explodierenden Mieten in den Städten müsse man froh sein, überhaupt eine Wohnung zu haben, hört man immer wieder.

„Wie besetzt man ein Haus?"

„Man bricht das Schloss eines zu lange leer stehenden Hauses auf und besetzt es einfach. War gang und gäbe in den 70ern", sagt Charles, der schon aufgestanden ist und gehen will.

„Willst du bei der Besetzung nicht mitmachen?", fragt Charles, nachdem sie das Karstadtgebäude hinter sich gelassen haben. Vielleicht. Vielleicht auch nicht. Eine Hausbesetzung ist immer so eine

Geschichte. Er solle doch unbedingt mitmachen, ermuntert ihn sein älterer Freund. Das habe der heute renommierte Hamburger Künstler Daniel Richter auch in der Hafenstraße gemacht und sei dadurch bekannt geworden … Sei gut für die Publicity.

Damit ist das Thema vorerst erledigt. Es gibt außerdem noch ein anderes Thema, das Noah schon lange beschäftigt: Berlin. Viele Künstler ziehen nach Berlin und neulich war er auch dort und sofort verliebt in die Stadt. Er will endlich den Umzug wagen und den hanseatischen Pfeffersäcken, die mit Kunst nicht viel am Hut haben, den Rücken kehren. Berlin hat ein Herz für Künstler, Berlin ist dynamisch, Berlin ist frei, Berlin hat Geschichte.

Die Entscheidung wird vertagt. Stattdessen wird es heute ein besinnlicher Abend, mit Kochen, Trinken und DVD-Gucken.

Die ganze Woche scheint in Hamburg die Sonne, so intensiv, dass es, auch wenn das zu glauben schwerfällt, des Guten zu viel wird und Noah so wie viele andere die dunkelgrauen Hamburger Tage herbeisehnt, um besser arbeiten zu können und die Welt draußen zu vergessen. Denn es ist unmöglich, sich in dieser Hitze auf die Kunst zu konzentrieren.

Noah hat im Internet recherchiert und einiges über das Gängeviertel rausgekriegt. Ein Elendsviertel in Hamburgs Geschichte, wo früher Pest, Armut und Kriminalität den Tagesablauf bestimmten. Ein berüchtigtes Viertel, das völlig in Vergessenheit geraten und nun von den Behörden zum Abriss freigegeben ist. Doch was geht ihn das eigentlich an, er will eh weg aus Hamburg und sich nach Berlin absetzen.

Trotzdem geht ihm der Name Gängeviertel nicht mehr aus dem Kopf. Vielleicht verpasst er da doch etwas Wichtiges, vielleicht wird am heutigen Tag Geschichte geschrieben, vielleicht werden schon heute die Ateliers verteilt? Da er sich selbst entscheidungsunfähig fühlt, fragt Noah einen Freund um Rat, der ihn wie immer Freitag am späten Abend anruft. Sascha, einer der Filme machen will und meistens schweigt. Auch dieses Mal schweigt er sich am Telefon aus, stattdessen will er vorbeikommen und, wie er es immer ausdrückt, ein Bierchen trinken.

Sascha bringt Ritalin mit, ein Zeug, das er vom Arzt bekommt (Saschas Diagnose seit seiner Kindheit: ADS) und später pulverisiert in seiner Nase landet. Als Kokain oder Speed-Ersatz.

„Wollen wir eine nehmen?", fragt er, nachdem er es sich auf dem Sofa in Noahs Wohnatelier gemütlich gemacht hat. Noah muss nicht lange überlegen, heute braucht er etwas, was seinen Blick auf die Welt in kürzester Zeit rosiger werden lässt. Sie nehmen eine und schweigen. Noah wünscht sich, Sascha würde etwas zu seinem neuen Bild sagen, aber der bemerkt es nicht einmal. Noah steht auf, um am Bild eine Kleinigkeit zu verändern. Nicht mal das bemerkt der schweigsame Freund. Noah gibt auf, setzt sich wieder und sie trinken weiter schweigend ihr Bier.

Mit folgender Maßnahme ließe sich vielleicht das Schweigen durchbrechen:

Raus aus der Wohnung, rein in die Bar um die Ecke.

Die künftige Besetzung des Gängeviertels scheint Sascha nicht wirklich zu interessieren, also wird es auch nicht zum Thema heute Abend. Sascha ist in seinem Kopf und braucht jemanden, der einfach nur neben ihm sitzt. Manchmal unerträglich, dieses Schweigen.

Es überträgt sich auf Noah und so werden die heißen Flirtblicke der Mädels in der proppenvollen Bar nur mit Schweigen beantwortet. Keine Kraft für die Show, die man heute braucht, um Frauen zu beeindrucken. Obwohl die Prise Ritalin einiges leichter machen würde.

„Na ja, um andere Künstler kennenzulernen… vielleicht."

Er wirft Sascha den Satz unvermittelt zu. Vielleicht würde es sich allein deshalb lohnen, an der Besetzung teilzunehmen. Da war etwas dran, bis jetzt war es ihm nicht wirklich möglich gewesen, in Hamburg ein Netzwerk von Künstlern aufzubauen. Alles Individualisten, alles nur selbstherrliche Typen und Frauen, die niemals fragen, wie es dir geht, was für eine Kunst du machst, was du überhaupt vorhast. Dafür erzählen sie dir in ellenlangen Monologen, was für tolle Kunst sie selbst machen.

„Was meinst du?"

Sascha nickt. Aber auch er hat bereits Berlin im Kopf und will hier schnellstmöglich weg.

Der 22. August ist ein Sonntag. Bis zu diesem Tag hält es Noah im Dorf Ottensen. Schon seit er da wohnt, hat er das Gefühl, kaum aus diesem Stadtteil rauszukommen. Wozu auch, es gibt dort alles, was ein Künstlerherz begehrt, die Elbe inklusive. Aber diese Ernsthaftigkeit, die da inzwischen herrscht, kann einen in den Wahnsinn treiben. Besonders abends vor den Bars, herumstehende Menschen, die nur noch mit ihren Bierflaschen flirten. Die Neuyuppies. Die Themen dieser Leute kreisen nur noch um Karriere und Geld, und natürlich um das, was gestern im Privatfernsehen lief. Alleine wegen dieser Leute sollte er dem Viertel endlich den Rücken kehren und zu dieser Hausbesetzung gehen. Das wird bestimmt aufregend. Außerdem ist die ganze Stadt voll von diesen kleinen runden roten Aufklebern mit der weißen Schrift:

Komm in die Gänge. 22.08.09.

Diese Zahlen beginnen langsam ihre Wirkung zu entfalten, als wären sie pure Magie. Die Aufregung lässt sich nicht mehr verleugnen.

2.
EIN FARBENFROHES SPEKTAKEL

Die schönste Jahreszeit hat ihren Höhepunkt erreicht. Die Sommereuphorie ist verflogen, über allem lastet die fast unerträgliche Hitze. Auch an diesem 22. August ist es heiß und man kann sich die nasskalten Hamburger Tage gar nicht mehr vorstellen, ein Wetter wie in Kalifornien. Der Regen wurde abgeschafft. Viele bunte Menschen im sterilen Hamburger Stadtzentrum, wo man sonst nur die hoch gewachsenen, hastenden Geschäftsleute in Grau sieht.

„If you're going to San Francisco…"

Dieses alte Hippielied geht Noah nicht aus dem Kopf, am liebsten würde er es laut heraussingen und die Leute, die ihm unterwegs begegnen, anlächeln. Nur die Blumen im Haar fehlen.

Wo ist denn nun das Gängeviertel? Außer jungen Menschen, die eilig irgendwohin streben, sieht man nur Glasfassaden! Glas ist allgegenwärtig, aber siehe da, da versteckt sich doch etwas. Mitten zwischen all dem Glas, dem Beton und den Bürowelten offenbart sich ein Gebäudekomplex, wie es ihn kein zweites Mal in Hamburg mehr gibt. Tausend Mal daran vorbei gelaufen und nie wahrgenommen. Was für ein Kontrast! Mitten im Glas- und Betonuniversum. So etwas kann es doch unmöglich in der City noch geben?!

„Hey, komm mit", schubst den noch im Staunen begriffenen Noah ein junges, ausgeflippt gestyltes

Mädchen, sie lächelt und geht weiter. Klar kommt er mit. Sein Name macht dem Viertel wahrlich alle Ehre: Gänge ohne Ende. In jedem der Gänge mit den ziemlich heruntergekommenen Häusern stehen zumeist junge Leute in bunten Klamotten. Künstler haben eindeutig einen besseren Geschmack in Sachen Outfit und machen selbst aus Wenigen Stücken immer einen Augenschmaus. Vielleicht gibt es hier jemanden, den Noah kennt? Schließlich ist er selbst kein Unbekannter in der Hamburger Künstlerszene. Er geht von Grüppchen zu Grüppchen in der Hoffnung, zumindest auf ein einziges bekanntes Gesicht zu treffen.

Die Leute malen im Freien oder singen, alle sind prächtig gelaunt und laden die Passanten dazu ein, sich ihnen anzuschließen. Eine Revolution?

„Was ist denn hier los?", fragen sich viele, als sie aus der Musikhalle herausströmen, wo sonntags irgendwelche klassischen Konzerte stattfinden. Die Hamburger Schickeria in Weiß gerät ins Staunen, anscheinend haben sie so ein buntes Spektakel in der City noch nie erlebt. Sind wir überhaupt noch in Hamburg?

Natürlich ist die Polizei auch schon vor Ort und sperrt die Straße. Die Einsatzkräfte sehen irgendwie nett und harmlos aus, anders als sonst, und sie haben nicht vor, hier Randale zu provozieren, das gelänge ihnen auch nicht, denn die Besetzer haben alles andere als Unruhe im Sinn. In einem Hof taucht ein DJ auf und beginnt aufzulegen, cooler Beat, die Party steigt.

Noah hat Neuland betreten. Das gilt auch für viele der anderen Besucher oder Aktive. Man sieht eine gewisse Aufregung in ihren Gesichtern. Werden die Ordnungshüter die Party vielleicht doch noch auflösen? So, wie es immer der Fall ist? Sieht aber noch nicht danach aus, stattdessen werden die Schlösser der Eingangstüren aufgebrochen und die Erdgeschosse besetzt. Juhu! Applaus. Künstler tragen ihre Werke hinein und stellen in den verwaisten Räumen ihre bunte Kunst aus. Auch Noah wagt einen Blick in die Räume; es riecht muffig, die alten Tapeten vielleicht. Die Zimmer sind klein, eigentlich viel zu klein für seine Monsterbilder, aber irgendwie niedlich. Aber darum geht es jetzt nicht, er schaut fleißig hierhin und dorthin und hofft, auf ein bekanntes Gesicht zu treffen in diesem euphorisierenden Wirrwarr.

Nein, sieht nicht so aus. Egal, das ganze Geschehen ist sowieso irgendwie größer, als sich darauf zu beschränken, auf jemanden zu stoßen, den man kennt, um sich dann in die immer gleichen Gespräche zu verwickeln, das hat man schließlich tagtäglich. Es sind zwei-, dreitausend Leute hier, eine ganze Menge. Man fragt sich nur, wo waren die alle früher? Wo haben sie bloß gesteckt?

Noah hat heute auf Kommunikation keine Lust, erst beobachten, checken, verinnerlichen. Er sieht sich die tollen Performances in insgesamt drei Höfen an und genießt. In einem der Höfe steht ein Klavier und es wird fröhlich musiziert. In vielen improvisierten Diskussionen geht es darum, dass die Häuser seit Jahren leer stehen und die Stadt sie nun abreißen will. Ein Investor stünde bereit.

„Wir können das verhindern", sagt ein etwas älterer abgemagerter Typ. Lenin in moderner Ausgabe. Und überhaupt, man könne vieles verhindern, wenn man die Stimme erhebe. Hier könnte man eine Oase der Kultur schaffen, ist von der Seite zu hören. Ein Joint wird herumgereicht, Noah lehnt dankend ab, will das Ganze nicht mit bekifftem Geist auf sich wirken lassen, aber die anderen greifen gerne zu. Bier? Oh ja, gerne, ein Bier kann er jetzt gebrauchen, und er stößt mit einem unermüdlich lächelnden Mädchen an, das einen hübschen, wahrscheinlich selbst genähten Rock trägt. Sie wirft ihm einen Luftkuss zu.

Es wird allmählich Abend. Eine definitiv andere Hausbesetzung, als man sie bislang kannte.

EINE VISION:

Im Gängeviertel ist ein Künstlerdorf entstanden, Ateliers ohne Ende. Eine Gemeinschaft, die meist aus Künstlern besteht, tagsüber arbeitet man und nachts feiert man ausgiebig. Freie Liebe wird praktiziert, ohne darüber nachzudenken, welche Theorien es dazu gibt. Zwischendurch wird auch über Kunst diskutiert, zusammen gekocht, gegessen und getrunken, oder es werden auch andere scharfe Sachen konsumiert. Jeden Tag gibt es Interviews, die Presse und die Fernsehleute sind geradezu besessen davon, diese Künstler aus dem Gängeviertel vor die Kamera zu bekommen, sie sind regelrechte Medienstars geworden. Kunstinteressierte aus der ganzen Welt kommen in dieses Viertel, um den Künstlern ihre Werke abzukaufen, sie können sich vor Aufträgen nicht retten. Sogar Groupies werden gesichtet. Ein Künstlerleben wie aus dem Bilderbuch. Das Vorbild macht Schule, auch in anderen Großstädten weltweit entstehen eigene Gängeviertel.

Die Party geht munter weiter. Es wird getanzt, gechillt und gesprüht. Innerhalb von Minuten werden die alten grau-bräunlichen Fassaden graffitibunt. Das rote Logo „Komm in die Gänge" ist allgegenwärtig.

„Sind wir vorbereitet, wenn die Polizei doch noch eingreifen sollte?"

Damit rechnet hier niemand. Wir haben das Jahr 2009. Die Leute hier sind wirklich nicht die Generation, die Steine schmeißt. Dennoch hätte Noah eine Idee:

Falls sie stürmen, werden Blumen vor ihre Füße geschmissen. Und dann werden die jungen Frauen die Bullen zu küssen beginnen. Und die Jungs die Polizistinnen. Dazu wäre Noah sofort bereit. Und zum Schluss so eine Art Liebesduft versprühen und alle, einschließlich der Polizei, werden weich, sinken zu Boden und schreien nach Liebe. Eine Liebesorgie wie im „Parfüm" bricht sich Bahn.

Nein, es kommt nicht dazu, die Gesetzeshüter sind plötzlich weg. Unfassbar, sie haben das Feld sang- und klanglos geräumt. Die Party tobt weiter. Doch es ist schwer, an die Leute ranzukommen. Nicht, dass sie jemanden abweisen würden, aber es scheint, dass hier jeder jeden kennt. Cliquenwirtschaft also auch hier. Hamburg ist eine einzige Clique. Noah schaut hierhin und dorthin, aber findet keinen Platz, an dem er sich dazugehörig fühlen kann. Künstler sind doch große Individualisten. Wer organisiert überhaupt das Ganze, wer sind die Macher, wer die zufällig Dazugestoßenen, wer ist wirklich Künstler, wer womöglich eingeschleuster Spion? Alles sehr schwer durchschaubar. Und dass Noah bislang keinen Bekannten getroffen hat, enttäuscht ihn ein wenig. Jetzt bereut er doch, niemanden mitgenommen zu haben, denn hier so mutterseelenallein rumzustehen, überfordert ihn zusehends. Vielleicht ist das Ganze nur eine Eintagsfliege, eine Schnapsidee, sie werden feiern, sich besaufen und irgendwann nach Hause gehen. Ja, so wird es bestimmt kommen, wer hat es denn bislang geschafft, nur mit guter Laune, Partymachen und Kunstschaffen ein ganzes Viertel zu besetzen und umzukrempeln, und das auch noch in einer geldbesessenen Handelsstadt wie Hamburg?

Alles nur ein schöner Traum.

Er nimmt diesen Traum mit nach Hause.

Zu Fuß also nach Ottensen über die Schanze. Auch wenn es schon Sonntagnacht ist, die Schanze feiert immer. Hipster mit Laptops, Bart und Brillen. In

Schulterblatt stehen Menschen, ob Jungs oder Mädchen, alles ein Schlag, mit Beck's in der Hand. Ach, war das schön, eben im Gängeviertel! Jetzt muss er hier durch. Nur die rote Flora versprüht etwas Alternatives, alles andere ist verraten und verkauft. Schnell weg hier!

Wie der Zufall es will, sieht Noah jemanden, den er von früher kennt, zu dem er aber keinen richtigen Kontakt mehr hält. Haldo heißt er, mit Ho-Chi-Minh-Bart und einem seltsamen Cowboyhut.

„Lass uns ein Bier trinken", schlägt Haldo sofort vor und erzählt, wie beschissen es ihm geht. Job verloren, beinah die Wohnung verloren, und jetzt nur noch am Saufen. Mit Kunst hat er nichts am Hut, aber er kann gut zuhören. Noah erzählt sofort vom Gängeviertel, auf etwas anderes kann er sich im Moment sowieso nicht konzentrieren.

„Wow, das klingt spannend, wann wollen wir hin?"

Haldo ist sehr angetan, vielleicht weil er viele Erfahrungen mit linken Aktivitäten vorweisen kann, nannte sich früher mal Marxist …

Ja, wann denn… Morgen? Nein, morgen will Noah ein Bild zu Ende malen. Übermorgen? Abgemacht. Aber Haldo wird natürlich schon heute Abend hingehen und den Ort inspizieren.

Sonst hat er nichts mehr zu sagen, außer dass es ihm richtig scheiße geht. Ja, Haldo weint sogar kurz, sieht keine Perspektive mehr in seinem Leben. Auch er redet nicht viel. Wie wäre es mit einer Wurst? Gute Idee. Sie essen schweigsam in der

Susannenstraße eine Currywurst und gehen dann getrennte Wege.

Bekanntlich kommt meist alles anders und Noah geht am nächsten Tag viel lieber an der Elbe spazieren statt zu malen. Auch wenn er bis Dienstag ans Gängeviertel nicht mehr denken wollte, schafft er es nicht, sich an ein anderes Thema zu wagen, und die Medien machen es ihm auch nicht leichter:

„200 Künstler besetzen das historische Gängeviertel!"

Das Thema heute überall. Die Zeitungen berichten sogar auf den Titelseiten, dazu schrille Gestalten und Hausbesetzer auf Fotos. Auch das Radio kennt nur das eine Thema. Eine Sensation in der Stadt. Und es gab bis jetzt noch keine Räumung. Irgendwie schon verdächtig. Wie kann das sein? Am liebsten würde er schon jetzt hingehen, vielleicht haben sie die Ateliers schon verteilt, vielleicht ist es morgen schon zu spät?

Er vertreibt sich die Zeit an der Elbe und genießt die vorbeifahrenden Schiffe. Das ist so ziemlich das Einzige, was er an Hamburg mag: Diesen Hauch des Weiten. Auch wenn die Elbe nur ein Fluss ist, gibt sie dir das Gefühl und die Frische des Meeres. Der beste Ort, um abzuschalten und Hoffnung zu schöpfen.

3.
KREATIVES CHAOS

Wie verabredet trifft er sich am Dienstag mit Haldo am Hauptbahnhof. Von dort gehen sie zu Fuß ins Neuland. Sie sind beide aufgeregt, tausende Ideen schweben auf einmal in der Luft, was man dort alles machen könnte. Zuvor aber hatte Noah wieder mal eine Mail von einer Galerie bekommen:

„Wir bedauern, Ihnen mitteilen zu müssen …"

Natürlich passt er nicht ins Konzept. Es passt nie ins Konzept. Ist man womöglich ein Außenirdischer und weiß es selbst gar nicht? Zum Teufel mit eurem Konzepten und Strategien und Trends.

Sie sind auf dem Weg ins Gängeviertel. Gut, dass er jetzt ein Ziel hat, sonst würde er seine Kunst wieder einmal gründlich in Frage stellen und lange, lange nichts mehr schaffen können. Diese Absagen können einen richtig lahmlegen und für eine Weile traumatisieren.

„Meinst du, dass sie wirklich nicht geräumt worden sind?", fragt Haldo, zieht eine große Wurst aus dem Rucksack und beginnt sie mit zitternden Händen zu essen. Er liebt Wurst, das ist sein Markenzeichen: eine dicke Wurst, Sorte Krakauer, Open Air zu essen.

Nein, sie wurden nicht geräumt, aber es wirkt jetzt alles etwas ruhiger als am Sonntag, bis auf die bemalten Häuser erinnert nichts mehr an die Partystimmung.

„Das ist ja geil", sagt Haldo erstaunt, „ich habe dieses Viertel noch nie im Leben gesehen."

Tja, Junge, nicht nur dir geht es so. Das Ding ist aus dem Nichts aufgetaucht und jetzt in aller Munde. Hamburg hat wahrlich ein Juwel lange versteckt gehalten, jetzt gibt die Stadt es wieder frei.

Endlich sehen sie einen jungen Kerl, der nicht von dieser Welt ist (könnte Winnetou als Vorfahre haben) und einen langen roten Teppich in einem Hof verlegt. Er wird gleich angesprochen.

„Gute Sache, was ihr da macht", sagt Noah etwas verlegen.

„Danke, Mann!"

Winnetou sieht in Noah und Haldo bestimmt Passanten, die sich zufällig hierhin verirrt und sich nun aus Neugierde hineingetraut haben. Ansonsten ist Winnetou ziemlich wortkarg, also wird nun ein anderer Hof erforscht. Eingang Valentinskamp. Da ist etwas mehr los, viele hektisch werkelnde Menschen, es wird gebaut und gebastelt. Lenin, der Typ vom ersten Tag der Besetzung, ist auch da: mager, etwas älter als die anderen und sehr geschäftig. Deutlich offener und kommunikativer als die jüngeren.

„Wir wollen zu euch", verkündet Haldo ohne Umschweife.

„Dann fass mal an!", sagt Lenin und zeigt ihm, wie man ein neues Schloss an der Tür einbaut.

„Eh… Nicht jetzt gleich, erst wollen wir gucken, was hier los ist und wo wir noch gebraucht werden könnten", gibt nun Noah seinen Senf dazu.

„Dann geht doch erst mal ins Büro und lasst euch in irgendwelche Gruppen einschreiben."

Das improvisierte Büro ist an der Caffamacherreihe im Erdgeschoss. Zwei Jungs und ein Mädchen, sie telefonieren unentwegt und merken gar nicht, dass sie Besuch bekommen haben. Chaos, nichts als Chaos, eine Stimmung, als stünde der Weltuntergang bevor, aber ein willkommener Weltuntergang, der erst organisiert werden muss.

„Eh …", murmelt Noah.

Keine Reaktion.

„Hallo?", versucht es Haldo.

Immer noch keine Reaktion. Vor allem kein Augenkontakt.

„Hier", sagt dann die junge Frau mit Ponyfrisur und gibt ihnen einige Zettel, auf denen in einer Tabelle die Gruppen thematisch aufgelistet stehen. Programm, Bau, Verhandlungs-, und so weiter. Auch Vokü.

„Vokü, Volksküche, das ist was für mich."

Haldo freut sich, als Kinderpädagoge kennt er sich mit sowas Organisatorischem aus. Noah schreibt seinen Namen in die Spalte für die Programmgruppe, auch wenn er keinen blassen Schimmer hat, was das sein soll.

„Wo soll die Vokü sein?", will Haldo wissen.

„In Schier's Passage."

Die Ponyfrau zeigt, wo das ist. Da waren sie ja eben gewesen. Das ist also Schier's Passage, und das Gebäude soll Butze heißen. Butze? So heißt eine Küche auf Norddeutsch.

Haldo bekommt dort von einem groß gewachsenen Mädchen einen übel aussehenden riesigen Kochtopf in den Arm gedrückt. Sie und die anderen sind damit beschäftigt, die „Butze" herzurichten. Nachschub in Form von Lebensmitteln kommt unaufhörlich. „Von der Harburger Tafel", ist die Antwort auf die Frage, woher sie die Produkte beschaffen würden. Die Kisten mit Brot, Karotten und Trauben stapeln sich übereinander. Zucchini, Broccoli, Blumenkohl, sogar Ananas … Ein reges Treiben.

Haldo hat seine Berufung gefunden und freut sich wie ein Schneekönig. Noah ist etwas skeptischer und kann seinen Platz immer noch nicht finden. Ich bin doch Künstler!, wiederholt er unbewusst immer wieder, während er sich das Treiben so anschaut. Ja, na und, du bist zwar Künstler, doch hier muss man trotzdem anpacken, Mann! Auch das ist seine innere Stimme. Er packt ja auch an, aber anschließend geht er gleich nach Hause. Er wird wiederkommen, erst aber muss er darüber nachdenken, was hier vor sich geht und ob all das überhaupt etwas für ihn ist.

Es ist seltsam; kaum ist er aus dem Gängeviertel weg, vermisst er es sofort. Ist er aber vor Ort, findet er dort keinen Platz. Wie könnte man das Problem lösen? Vielleicht einfach diesen inneren Schweinhund überwinden und mal etwas länger da bleiben, auch wenn man niemanden kennt? Ja, das sollte er tun. Aber nicht mehr heute, morgen wird er endlich die Sache richtig anpacken und alles Weitere vergessen, keine Pläne, keine Kunst, kein Nichts, nur im Augenblick sein, im Hier und Jetzt, und einfach anpacken und nicht hoffen und sich wünschen, wie bei der Arbeit, die Zeit möge schnell vergehen, nicht die Minuten zählen, sondern sich öffnen und einfach nur freuen.

Am nächsten Tag sind noch mehr Menschen da. Alle werkeln irgendetwas, ohne dass jemand sie dirigieren würde, jeder weiß, was zu tun ist. Es wimmelt nur so von jungen Mädchen, sie sind eindeutig in der Mehrzahl. Zum Glück kommt Haldo gerade und gibt ihm gleich eine Aufgabe. „Hier, diese Lebensmittel sind gerade angekommen, einiges davon ist schlecht, du könntest es aussortieren."

Der Kerl ist schon voll integriert. Noah geht seiner Aufgabe fleißig nach und erzählt gleichzeitig von seiner Idee, hier bald eine Lesung zu machen, denn er malt ja nicht nur, sondern schreibt auch Kurzgeschichten.

„Das ist eine Superidee, sie brauchen so viele Veranstaltungsvorschläge wie möglich, habe ich gehört, am besten klärst du es gleich im Büro ab."

Das Büro ist jetzt woanders. Am Valentinskamp, mit dem süßen Namen „Puppenstube", und es ist noch kleiner und noch chaotischer dort. Viel mehr, und vor allem völlig andere Menschen als in dem ersten Büro sind zugange. Als ob hier eine Bombe eingeschlagen wäre. Alle mit Handys und alle ausnahmslos mit der Presse im Gespräch. Die heilsame Nachricht: „200 Künstler besetzen das historische Gängeviertel" hat sich eben wie ein Lauffeuer in der Stadt verbreitet.

„Eh…"

Niemand reagiert. Er geht raus, raucht eine rettende Zigarette und kommt wieder rein. Ein kurzer Augenkontakt. „Hallo", sagt eine Frau in den Dreißigern und stellt sich vor. Jenny heißt sie. Noah soll bitte schnell sagen, was er will. Also, wie wäre es mit einer Lesung? Ehe Jenny antworten kann, klingelt ihr Handy schon wieder. Das „Hamburger Abendblatt", sie wollen ein Interview. Zu Ende telefoniert und dann gleich wieder Klingeln. So geht es ohne Ende. Zum Verrücktwerden! Da muss Noah jetzt durch, er muss warten, bis es so weit ist, und sich nicht gleich verpissen, das muss er noch lernen.

„Was sind das für Geschichten?"

„Mystisch-satirische Kurzgeschichten."

„Super, dann such dir einen Ort aus und sag mir den Termin."

So einfach geht das.

Auf der Suche nach einem geeigneten Ort erschließt sich ihm das Gängeviertel nun voll und ganz. Es sind insgesamt 12 mehr oder weniger gut erhaltene Häuser. Architektonisch gesehen keine Perlen, aber sie haben Charme, sogar sehr viel Charme, und vor allem ist alles da, was man für eine Kulturinsel inmitten der Stadt braucht. Atelierflächen, Läden und Galerieräume, Bars und sogar ein Konzertsaal.

In einem 3-stöckigen Häuserkomplex namens „Kutscherhaus" findet er schließlich im Erdgeschoss den geeigneten Raum für eine Lesung. Da stehen schon Sofa, Tisch und Stühle. Dazu viel Kunst an den Wänden. Als hätte jemand bereits alles für ihn vorbereitet. Auf dem Sofa sitzt ein Kerl, der sich sofort höflich vorstellt. Dan heißt er und wohnt seit fast 6 Monaten im gegenüberliegenden leer stehenden Haus. Einer der Initiatoren der Besetzung, einer der ersten Besetzer. Sein Gesicht… woher kennt Noah diesen großen, schmächtigen Typen? Jetzt hat er es: Er war in der „Mopo" gestern als hausbesetzender Künstler abgelichtet. Soll neulich durch den Stress einen Nervenzusammenbruch gehabt haben. Dan wünscht ihm viel Spaß bei der Lesung, vielleicht komme er sogar vorbei.

Langsam wird Noah hier heimisch.

*

Laut Joseph Beuys ist jeder Mensch ein Künstler. Schön wär's. Dann hätten wir bestimmt eine andere Welt. Wenn George W. Bush auch ein Künstler gewesen wäre, wäre die Welt vielleicht etwas friedlicher und menschenfreundlicher oder zumindest anders … Obwohl, dieses Argument hinkt ein bisschen. Hitler hatte ja auch als Künstler begonnen und war von den Galeristen immer wieder abgelehnt worden. Wie seine Karriere weiterging, wissen wir nur allzu gut. Verbitterte Künstler können sehr gefährlich für die Welt sein. Sie avancieren zu wahren Kriegskünstlern.

Noah ist durch und durch Künstler, er lebt mit jeder Faser für die Kunst. Bis heute ziemlich erfolglos, aber nicht verbittert. Verbittert sind nur diejenigen, die noch keinen Anker geworfen haben, spirituell betrachtet. Für einige ist dieser Anker Gott, für die anderen ein Planet irgendwo weit draußen oder etwas, was keinen Namen hat. Etwas, was höher, mächtiger und vor allem nicht sichtbar ist. Eine undefinierbare Kraft jenseits unserer Vorstellung. Also etwas, was unsere nüchterne Realität übersteigt. Wenn du im Hafen jenseits dieser unendlichen Reichweite vor Anker gehst, dann kannst du deine Kunst jenseits von allem Kommerz entwickeln und Verbitterungen jeglicher Art hinter dir lassen. Jeden Tag das Leben im Namen der Kunst knutschen und abküssen. Irgendwann revanchiert sich das Leben und gibt dir zurück, was du ihm gegeben hast. Das ist Noahs Anker.

Seit einem Jahr selbstständig als Künstler, stockt Vater Staat seinen Lebensunterhalt auf. Wäre es anders, würde Noah hungern müssen, was ohnehin manchmal der Fall ist. Falls jemand heutzutage glaubt, Künstler hätten nur in früheren Epochen Hunger leiden müssen, der irrt. Hat ein wahrer Künstler heute die Wahl, mit dem letzten Geld, das noch bis zum Monatsende reichen muss, Essen zu kaufen oder Farben, er würde sich für die Farben entscheiden. Noah hat sich auch schon oft so entschieden und hat nicht vor, diese Tradition zu brechen. Auch wenn dieses Bohème-Leben ihm ab und zu auf den Sack geht.

Außer Kunst kommt nichts anderes in Frage. Entweder schafft er es mit der Kunst oder er geht mit ihr unter. Es kann für ihn keine Alternative geben. Er besitzt nur ein One-Way-Ticket für den Kunstzug, der immer noch fährt und fährt, ohne dass ein Zielbahnhof in Sicht wäre. Aber die Reise selbst ist trotz vieler Hindernisse wunderschön. Und er hat sogar im Gängeviertel angehalten, der Zug.

Bleiben wir eine Weile da...

*

Die sommerliche Abenddämmerung im Gängeviertel zu erleben, ist so, als wäre man plötzlich auf einer unbekannten Insel inmitten der Stadt gestrandet, hineingespült in eine andere Zeit und eine andere Welt. Wenn man sieht, wie geschäftig dort die Leute bei der Arbeit sind, wie sie Tag für Tag das Gelände verschönern, kommt es dir so vor, als wären sie schon immer hier gewesen, als hätte dieses Viertel immer schon sein Parallelleben zur Glasschickeria da draußen gelebt. Noah kommt der Begriff „Gallierdorf" in den Sinn. Das große Medieninteresse befördert auch das Interesse der Bevölkerung. Menschen jeden Alters kommen vorbei, als wären sie Touristen, und sehen vergnügt zu, was das Künstlervolk so treibt. Und sie haben alle ein wohlwollendes Grinsen in den Gesichtern, was man in Hamburg nicht so häufig sieht. Nur ein paar Schritte weiter tobt das hanseatische Geschäftsleben, und ein schicker Laden mit gemeingefährlichem Markennamen jagt den nächsten. Ob die Behörden das bunte Geschehen wirklich dauerhaft zulassen werden, hier, mitten in der City? Werden sie das teuerste Stück Boden der Stadt tatsächlich diesen schrägen Künstlern überlassen?

Noah klebt überall auf der Insel fleißig Zettel mit dem Hinweis auf seine Lesung. Alle Gänge hat er bereits durchlaufen, Haldo hilft ihm dabei und animiert die Passanten, sie mögen bitte zur Lesung kommen. Die Luft ist voller Erwartung der künftigen Ereignisse, die noch meilenweit entfernt sind und die sich noch niemand so richtig vorstellen kann.

Vor Kurzem hatte sich ein Freund gemeldet, der sich Chaos nennt, ein Musiker, Maler und Fotograf, der gerade mit seiner Berliner Freundin in Frankreich Urlaub macht. Oder besser: gemacht hat, denn inzwischen ist er schon in HH.

„Hey, hast du gehört, was in Hamburg los ist?", hatte er begeistert am Telefon gefragt.

Noah hatte auf Anhieb verstanden, was sein Freund meinte:

„Ich bin schon mittendrin!"

Chaos ist auch auf der Lesung erschienen und fotografiert wie besessen.

„Hier haben wir doch neulich gefeiert", sagt er und zeigt auf die Kaschemme. War das hier gewesen? Jetzt sieht alles so anders aus. Dabei hatten die beiden Freunde doch in jener Nacht von einem Atelier in diesem seltsamen Viertel geträumt.

Man hat das Gefühl, das Gängeviertel wäre in diesen Tagen der Mittelpunkt der Welt. Für diese Stadt, in der jahrelang nie etwas Besonderes, geschweige denn Aufregendes passiert ist, wo alles stagniert und die Geschichte auch nicht viel zu erzählen hat, gilt die Besetzung eines ganzen Viertels mitten im Zentrum durch Künstler schon als Nonplusultra denkbarer Ereignisse. Ganz im Sinne dieser Gedanken schleudert jemand folgenden Satz heraus:

„Wir haben Geschichte geschrieben!"

Wer ist der Typ?

„Hallo, ich bin Liebecht."

Mitte vierzig und sehr bemüht um Arbeit. Er packt an, als würde es um sein Leben gehen. Keine Sekunde Leerlauf.

„Hier, lies, habe ich gerade geschrieben, ist aber nicht von mir, ist von Erich Fromm."

Eine große Holzplatte wird gerade in Schier's Passage aufgestellt mit dem folgenden Text:

„Wenn Design lediglich Anreiz zum Konsum darstellt, müssen wir Design ablehnen. Wenn Architektur lediglich die Festschreibung des bürgerlichen Modells von Privateigentum und Gesellschaft ist, müssen wir Architektur ablehnen, und wenn Stadtplanung lediglich die Formalisierung gegenwärtiger sozialer Trennungen ist, müssen wir Stadtplanung und ihre Städte ablehnen."

Passt wie angegossen! Design frisst die Welt. Design ist wichtiger als der Mensch. Designer und Architekten sind Götter in einer gottlosen Welt.

Liebecht ist ein Hafenstraßenveteran und dichtet gelegentlich, trägt eine Kopfbedeckung wie einst Napoleon. Leider kann er nicht zur Lesung kommen, er hält ja selber eine in der „Druckerei", ein weiterer wichtiger Ort am Valentinskamp, wo es politisch noch linker und radikaler zugeht als in anderen Ecken des Gängeviertels.

Für Noah ist seine Lesung das Ding schlechthin, er hegt heimlich den Gedanken, die ganze Stadt hätte nur darauf gewartet, ihm zu lauschen, übersieht dabei aber, dass auf dem Gelände zeitgleich viele andere Veranstaltungen stattfinden, die vielleicht spannender sind als eine Lesung eines unbekannten Autors. Ein Blick in den Tunnel der Schier's Passage reicht schon aus, um einen Eindruck von der Fülle des Angebots zu bekommen. Und die schwarze Tafel mit den Ankündigungen ist voller Hinweise auf Veranstaltungen wie Kurzfilme, Lesungen, Ausstellungen, Diskussionsrunden…

„Herzlich willkommen im Gängeviertel!", sagt der Vortragende zu seinem Publikum und begreift in Sekundenbruchteilen, dass er nun auch Teil der Gängeviertel-Sensation ist. Gänsehautgefühl. Enttäuschend nur, dass niemand aus der Gängeviertel-Gemeinde erschienen ist, fast nur Freunde. Macht nichts, Schwamm drüber. Gelesen, applaudiert, sich bedankt.

Nach einer Stunde ist die Lesung vorbei. Endlich was Sinnvolles für die Sache getan. Nun geht's in die sogenannte „Fabrik". Durch einen Gang vom Valentinskamp kommt man dorthin, in ein ehemaliges Fabrikgebäude, wie der Name vermuten lässt.

Im Erdgeschoss zwei große Säle, links und rechts, ein perfekter Ort für Partys und Konzerte. Auch hier werkeln Leute, einige sprühen Graffiti und andere saufen am Tresen. Die absolvierte Lesung muss gefeiert werden. „Es war gut!", sagt Haldo. Ja, das war es auch, aber Noah hatte gedacht, die Leute hier vom Gelände würden mehr Interesse zeigen. Er ist tatsächlich etwas enttäuscht. Der Abend endet mit viel Schnaps, Bier und noch mehr neuen Gesichtern.

Langsam wird klar: Die Sache ist durch und durch politisch. Hausbesetzungen haben eine lange Tradition, Berlin war einst die Hochburg in Sachen Aneignung von leer stehendem Beton. In den 80ern kamen dann Hamburgs wilde Jahre à la Hafenstraße. In den 90ern gab es ebenfalls einige Noname-Besetzungen, vor allem im Altonaer Umfeld. Dann war plötzlich Flaute und man nahm den Leerstand einfach so hin. Und heute? Es wird gebaut und gebaut und ohne Ende gebaut. Nicht nur teure Wohnungen, zumeist werden Büros gebaut, die später dann sich selbst überlassen bleiben. Die Bau- und Architektenmafia feiert einen Sieg nach dem anderen und zählt am Ende die Knete. Bis jetzt kein nennenswerter Widerstand. Militante Besetzungen scheinen der Vergangenheit anzugehören.

Ab jetzt geht's anders zu. Die Künstler übernehmen das Ruder. Eine erfrischende Idee, denn Künstler haben mehr oder weniger die Unterstützung der Bevölkerung, sie sind keine Zecken, die schmutzig und bedrohlich aussehen, wie damals die

Leute in der Hafenstraße. Jede Familie kann mittlerweile in ihren Reihen einen Künstler oder eine Künstlerin vorweisen, noch nie gab es so viele Künstler wie heute. Und alle brauchen Ateliers! Die Welt braucht mehr Ateliers!

Künstler aller Welt, vereinigt euch, besetzt, was leer steht, und macht daraus Kunst! – So oder ähnlich könnte es heute heißen.

Wie es aussieht, war die Besetzung des Gängeviertels seit Langem geplant, und die Aktion ist kein rein künstlerisches Projekt, eher ein soziales. Künstler allein hätten es nicht geschafft, das Ganze wäre schon an der Einhaltung der Vereinbarungen gescheitert. Es sind auch Architekten mit im Boot, Journalisten, Historiker, Stadtplaner, Pädagogen oder Arbeitslose... Eine bunte Mischung, die sich Gängeviertel-Initiative nennt. Viele dachten wohl, die Leute würden nur eine Party feiern, um die Behörden und Bürger der Stadt auf die Situation aufmerksam zu machen, und dann kämen die Bullen und sie würden geräumt... Falsch gedacht. Die Party geht weiter und das Ende ist nicht abzusehen. Es entwickelt sich etwas, womit kein Mensch ernsthaft gerechnet hat. Es stoßen immer mehr Leute dazu und wollen mitmachen.

„Gibt es keine Besprechungen oder so was Ähnliches?", fragt Noah Haldo, der nun Tag und Nacht da ist und sich mittlerweile bestens auskennt.

„Doch, heute findet eine VV statt."

„Was ist eine VV?"

„Eine Vollversammlung, die Entscheidungen trifft."

Die findet im linken Saal der Fabrik statt, und nun hat man die Gelegenheit, diesen bunt zusammengewürfelten Haufen Menschen, der da zusammensitzt oder -steht zu beobachten.

„Hey, wie war die Lesung?", will Jenny, die Frau mit den vielen Telefonaten, wissen.

„Ein Erfolg!", übertreibt Noah ein wenig.

„Prima, wir sollten das öfters machen."

Ein Blick auf die versammelten Menschen:

Von intellektuellem Gehabe bis linksautonom vermummt, alles da. Meist junge Leute, von 20 bis 35, dazwischen auch da und dort etwas ältere. In einem Kreisgespräch werden die weiteren Vorhaben und das bis jetzt Erreichte diskutiert. Jeder darf sich einschalten. Auch diejenigen, die niemand kennt, einige zufällig Anwesende haben keinen blassen Schimmer, was hier vor sich geht.

Es wird bekannt gegeben, dass die Verhandlungen mit dem Senat laufen. Also nehmen die Behörden das Ganze sehr ernst. Außerdem habe der Bezirk Mitte dem holländischen Investor Hanzevast, der das restliche Gängeviertel am liebsten sofort abreißen würde, schon die Baugenehmigung erteilt. Das ist nicht gut. Der Typ kann also hier weiter bauen. Aber wie soll das gehen? Dann werden alle gefragt, wie sie sich das Gängeviertel in Zukunft vorstellen. Ein energischer Lockenkopf notiert alle Ideen auf einem großen Bogen Papier und befestigt ihn anschließend an der Wand. Das Ergebnis einer Art Brainstorming. Von Ateliers, Galerien, einer Bibliothek, von Foto- und Filmstudios, Bars, Restaurants, sogar von einem Biohof ist die Rede ...

Noah wünscht sich ein Literaturcafé für Lesungen und Ausstellungen. Er hat sich in der Runde nun vorgestellt und jetzt kennen sie ihn. Auch er kennt so allmählich die anderen. Dann kommt es zu einem kleinen Eklat: Lenin hält immer dagegen, er randaliert und wird wegen seiner Hyperaktivität aus der VV hinausgeschmissen.

Nach einer Pause werden zwei Kisten mit Getränken auf den Dielenfußboden gestellt, Selbstbedienung auf Spendenbasis. Kurzes Zigarettenrauchen und dann geht's weiter. Diskussionen ohne Ende. Was man mit 3 Worten sagen könnte, wird in Sätze mit 30 gepackt. Sehr anstrengend, einigen wächst die Sache eindeutig über den Kopf. Es ist leichter, eine Festung zu nehmen, als sie zu halten.

Noah muss raus, er hat Hunger. Die Küche oder Vokü oder Butze bietet ein Nudelgericht an. Haldo ist auch da, sie essen unter freiem Himmel und schweigen. Nur die flimmernden Sterne sind ihre Zeugen, wie gut die jetzt tun, mehr als gut. Doch das Essen schmeckt Noah nicht wirklich:

„Ab morgen koche ich."

Eine historische Entscheidung.

Bis heute erscheint ihm der Entschluss, sich ums Kochen zu kümmern, als sein sinnvollstes Engagement im Projekt Gängeviertel. Stundenlange politische Diskussionen sind nicht seine Sache. Und beim Kochen lernt er alle kennen, etwas essen wollen schließlich alle.

„Also gibt es ab morgen eine richtig gute Küche!"

Haldo freut sich und raucht genüsslich.

4.
KOCHMARATHON

Eine Nachricht verbreitet sich wie ein Lauffeuer:

Leipzig hat den Künstlern aus dem Gängeviertel Asyl angeboten, sollte das Ganze scheitern und das Viertel geräumt werden. Das macht Mut. Leipzig gilt ohnehin als Kunstmetropole Deutschlands, mit Neo Rauch und der neuen Leipziger Schule. Dort bewegt sich was. Dort haben sie genug Ateliers.

Kaum ist Noah am nächsten Tag vor Ort im Gängeviertel, sieht er einen großen weißen Bus, Chaos persönlich hinter dem Steuer. Haldo sitzt auf dem Beifahrersitz.

„Wir müssen alles ausladen!"

Es ist Chaos' WG-Bus. Der Bus ist voller Obst, Gemüse und Brot. Wieder Produkte von der Harburger Tafel. Alles umsonst gekriegt. Schnell werden die Lebensmittel im Lagerraum der Butze verstaut. Einiges davon kann man in die Tonne schmeißen, aber trotzdem reicht es, um mehr als 50 Leute satt zu bekommen.

„Und wer kocht heute?", fragt Haldo.

Noah natürlich.

Der Spirit ist da! Im Namen der Kunst, Gemeinschaft und Gerechtigkeit. Er zieht viele unterschiedliche Menschen an, die ohne Entgelt anpacken und diesem Spirit dienen. Vielleicht wie bei den Hippies in den 60ern, und jetzt also auch hier. Der Spirit ist meistens nur am Anfang da, dann greift die Routine um sich und der Kommerz beginnt alles aufzufressen. Die Menschen verändern sich, kommen sich wichtig vor, einige gehen an Drogen zugrunde, andere an unentrinnbaren Egotrips. Mal sehen, wie lange das hier hält.

„Ich werde eine Zaubersuppe kochen", verkündet Noah und beginnt schon die Zutaten auszusortieren.

„Eine Zaubersuppe?"

Kaum will er sein Rezept preisgeben, stürzt Liebecht herein und verkündet, er würde zwei Männer brauchen.

„Einige Obdachlose haben sich im Keller der Fabrik eingenistet, wir müssen sie sofort rausbitten."

Sie gehen in die Katakomben der Fabrik und sehen dort 5 Leute mit Rucksäcken und viel Alkohol. Es sind keine klassischen Obdachlosen, sie brauchen nur ein Obdach für heute Nacht, da sie von weit her angereist sind und kein Geld mehr haben. Doch Liebecht bleibt hart, sie müssen raus, es gibt genug Übernachtungsmöglichkeiten in Hamburg, aber nicht hier.

Es sind sympathisch wirkende, bärtige, große, schweigsame Kerle. „Das gefährdet unser Projekt!", erklärt Liebecht und bittet die Männer nach draußen. Das Projekt hat Priorität, schließlich schläft ja hier in der Fabrik keiner der Besetzer. Aber trotzdem, kein schönes Bild …

Zurück zur Zaubersuppe. Gewürze und Kräuter, das ist die Essenz, das macht die Magie der Suppe aus. Es gibt genug helfende Hände, die nur darum bitten, schneiden und schnippeln zu dürfen. Meist junge Mädchen, die immer zahlreicher werden. Die Küche selbst ist so klein, dass da drin nur zwei Leute kochen können, die Helfer sitzen im Nebenraum und schneiden, schnippeln, quatschen, singen und lachen. Die alteingesessenen Bewohner des Viertels strecken mit ernster Miene ihre Köpfe aus dem Fenster und wundern sich: Was tut sich da plötzlich in diesem toten Winkel der Stadt? Sie gucken so, als hätten sie exotische Tiere vor sich, die zu Menschen mutiert sind und nun ihre Teilhabe an der Gesellschaft einfordern, ihren Platz zum Leben.

„Was ist Gentrifizierung?", fragt eine gutbetuchte ältere Passantin, die gerade eben einen Text an der Wand aufmerksam studiert hat. Zum Glück ist jemand da, der es erklären kann:

„Also… wenn Künstler und andere bunte Leute ein heruntergekommenes Viertel zum Erblühen bringen. Sie ziehen dahin, weil dort die Mieten so günstig sind. Dann aber folgen die Investoren und stecken ihr Geld in die maroden Häuser, weil plötzlich auch die Besserverdienenden in diesen Vierteln leben möchten. So steigen dann die Mieten und die Künstler ziehen wieder weg."

„Dann sollten doch die Künstler nicht in die armen Viertel ziehen, sondern bleiben, wo sie sind. Na so was…", sagt die Frau streng und zieht unzufrieden weiter.

Recht hat sie. Die Künstler erweisen den armen Menschen, wenn auch ungewollt, keine guten Dienste. Ob so etwas auch hier passieren wird? Doch um das Gängeviertel herum sind die Mieten ohnehin schon astronomisch hoch, teurer kann es bestimmt nicht mehr werden.

Also „Gentrifizierung" heißt das Viech. Ein sehr aktuelles Phänomen. In Ottensen kann man es Tag für Tag erleben. Alte Menschen verschwinden immer mehr und jeder Quadratzentimeter wird schamlos bebaut, hässliche moderne Häuser in Weiß werden hochgezogen, die kein Mensch mehr bezahlen kann. Schanze, St. Pauli, Karoviertel, überall dasselbe. Hamburg zerstört gerne das Alte und baut dafür das Neue, Hässliche, Glasige und Weiße. Andere Viertel werden bald folgen. Gentrifizierung lautet das Codewort. Es geht Noah nicht mehr aus dem Kopf. Sollte zum Wort des Jahres, besser noch zum Unwort des Jahres gekürt werden.

Die Zaubersuppe ist mittlerweile fertig.

„Wie heißt denn die Suppe? Wir wollen sie draußen auf der Tafel ankündigen", fragt ein wohlgenährtes Mädchen.

„Magic is the Life."

„Und was ist an der Suppe so magisch?"

Die Magie entfaltet sich erst im Nachhinein, gegen Mitternacht. Wer von der Suppe gegessen hat, verspürt einen unbedingten Drang zur Liebe, den Drang, alle Menschen anzurufen, die er kennt, um ihnen seine Liebe zu offenbaren. Um diesen Menschen alles zu sagen, was man ihnen immer schon sagen wollte, aber noch nie getan hat. Besonders stark wirkt sie bei Singles. Wenn sie die Nacht ohne Schlaf durchstehen und sich unter vielen Menschen aufhalten, werden sie zu 99 Prozent jemanden kennenlernen und in Liebe zerfließen. Was will man mehr?

Nach diesem Vortrag ist Noahs Suppe besonders bei den weiblichen Mitstreitern gefragt. Noch einen Teller, bitte. Und noch einen, und noch einen...

„Du bist ein Spinner, Noah", lacht Haldo und spricht selbst genüsslich der Suppe zu.

„Nein, nur ein Geschichtenerzähler", lacht Noah ebenfalls. Er hat so viel über die Magie der Suppe gequatscht, dass er selbst hungrig zurückgeblieben ist. Die Suppe ist alle.

„Gibt es noch andere Varianten?", will noch jemand wissen.

„Aber ja doch, bei der nächsten Suppe. Dann geht es um Kunst."

„Eine Kunstsuppe?"

„Kunstsuppe aus der Abteilung Suppenkunst."

Am Abend herrscht eine Art Volksfeststimmung, Jung und Alt, verrückt und ernst, strohdumm oder hochintelligent, die gesamte Stadt Hamburg scheint hier zu sein und sich zu amüsieren. Im tiefsten Inneren sind alle gespannt, ob es hier weitergeht oder wann nun die Polizei endlich eingreift. Am besten persönlich Zeuge sein und von den Ereignissen nicht erst aus den Nachrichten erfahren. Niemand bemerkt das grelle Licht am Himmel, direkt über dem Viertel. Es ist kein Stern, kein Flugzeug, kein Komet, sondern irgendetwas Undefinierbares, Großes. Es bewegt sich nicht und steht einfach da. Fern und doch sehr nah.

Da Chaos ein Herz für Ufos hat, guckt er sich die Erscheinung ununterbrochen an. Auch Noah entdeckt das Objekt und beginnt seinerseits zu gucken. „Ich weiß, was du denkst", sagt er zu seinem Freund.

Chaos nickt und guckt weiter:

„Ob sie es auch erfahren haben?"

„Erfahren? Vielleicht haben sie es in die Wege geleitet?"

„Du meinst, dass wir in ihrem Auftrag gehandelt haben?"

„Na klar."

Auch ein leicht alkoholisierter Haldo entdeckt die Jungs am Himmel und schließt sich dem Gespräch an:

„Hey, hier sind wir, hier … Haaallo", winkt er mit beiden Händen. „Jetzt machen sie bestimmt Fotos von uns, um sie in ihren Zeitungen zu veröffentlichen."

„Das sind bestimmt Künstler aus dem All und sie brauchen anregende Kontakte, wie wir auch", stellt ein nicht weniger alkoholisierter Noah fest, „neue Impulse braucht die Kunst!"

Die Besucher des Viertels beobachten nicht das Objekt am Himmel, sondern die drei Jungs und ihr Gespräch. Sie sind ziemlich irritiert. Schon so viel geraucht?

„Hallo… hier sind wir…", winken die drei mit Händen und Füßen, um sich irgendwie bemerkbar zu machen.

Vielleicht brauchen die Aliens Erfahrungsberichte in Sachen Hausbesetzung? Wer weiß, was für Verhältnisse auf ihren Planten oder in ihren Galaxien herrschen? Die Künstler und Freigeister aus der Galaxie XY kommen ins Gängeviertel und beantragen Asyl, weil die Kunst dort oben (oder auch unten) bei ihnen gnadenlos verfolgt wird.

Währenddessen ertönt ein altes Lied aus den 60ern:

„I feel free" von CREAM.

Passt perfekt in die Szenerie.

Vielleicht haben da die Aliens ihre Finger drin und der Song ist als Botschaft zu verstehen, dass sie unser Vorhaben gutheißen?

Besetzt die Welt!

Sie gehört euch!

Macht sie von den Vampiren und Blutsaugern frei!

Wird gemacht, liebe Kollegen aus dem All. Das ist erst der Anfang. Wir bräuchten nur euren Beistand. Können wir auf euch zählen?

Sie bleiben unbewegt auf ihrem Platz und senden nur ein unheimliches Licht herunter auf die Erde.

„Ein Zeichen, wir brauchen nur ein Zeichen", schreit Haldo.

Es kommt kein Zeichen, die Wesen am Himmel bleiben stumm.

„Geht hinein, geht hinein", brüllt auf einmal ein Besoffener, der aus dem Nichts auftaucht und möglicherweise die Gespräche mitgehört hat, „sie rauben den Künstlern die kreative Ader!"

Meint er etwa die Spacemarine da oben?

„Nein, nicht die. Die in den Banken und in den Glasbüros um uns herum, sie saugen uns aus!", antwortet jemand, den man nicht zu Gesicht bekommt. Eine seltsame Stimme, weder Mann noch Frau. Drittes Geschlecht.

Noah und seine Freunde gehen hinein in die Butze, wo es inzwischen auf der rechten Seite einen Raum mit Sand auf dem Boden gibt. Der kleinste Sandstrand Hamburgs, mittendrin eine kleine Palme. In der Ecke steht eine alte Orgel und auf dem Tisch eine Shisha.

Rauchen, trinken und quatschen. Mehr ist nicht drin heute Nacht. Traditionsgemäß werden von allen Seiten Joints gereicht, es muss hier irgendwo eine Jointfabrik geben.

Die außerirdischen Künstlerspione sind immer noch am Himmel und gaffen.

Zu Hause angekommen, völlig erschöpft und angenehm müde, zieht sich Noah noch eine DVD über PINK FLOYD und sein tragisches Genie Syd Barrett rein. Früher hatte er oft unter dieser Ausnahmemusik gemalt. Die galaktischen Klänge halfen ihm, in die versteckten Sphären des Gehirns einzusteigen und von dort die Kompositionen für seine Bilder mitzunehmen. Es ist die Geschichte eines Musikgenies, der mit Mitte zwanzig nach übermäßigem LSD-Konsum in eine andere Welt eintauchte, aus der er nicht mehr zurückkehrte. So blieb Syd für unsere Welt für immer verloren. Ob wohl damals, vor über 40 Jahren, diese jungen Kerle ahnten, dass sie mit ihrer Musik Geschichte schrieben?

„Wir haben Geschichte geschrieben!" Der Satz von Liebecht geht Noah nicht mehr aus dem Kopf. Ist das wirklich so? Wird gerade im Gängeviertel Geschichte geschrieben? Werden die Journalisten nach 30 oder 40 Jahren darüber berichten wie über Pink Floyd? Momentan tun dies die Medien unaufhörlich, aber das hat nichts zu sagen. Angenommen, Noah wäre in 20 Jahren ein anerkannter, weltweit berühmter Künstler. Dann würden sie die Anfänge dieser Besetzung natürlich einbeziehen in ihre Berichterstattung über ihn. Oder angenommen, es würde demnächst eine bestialische Mordserie das Gängeviertel erschüttern. Dann wäre man als Hausbesetzer-Aktivist für ewig ein Teil der Geschichte, einer „Jack the Ripper"-Story des Gängeviertels. Eine andere, viel bessere Variante wäre, wenn das Gängeviertel weltweit Schule machen und für eine neue Bau- und Sozialpolitik in den Großstädten sorgen würde. Dann würden die Medien Personen ausfindig zu machen versuchen, die noch leben und damals dabei waren. Dann gäbe es auch so einen Film über das Viertel wie über PINK FLOYD, mit Interviews und alten Aufzeichnungen.

Es scheint so, dass hier jetzt tatsächlich Geschichte geschrieben wurde.

Heute Verabredung mit dem schweigsamen Sascha. Die beiden sind schon um 12 Uhr im Viertel, auch Sascha soll das Gelände kennenlernen. Aber um diese Zeit ist nichts los, alles wie ausgestorben. Vor 13 Uhr passiert hier nichts, eine ziemlich langweilige Stimmung. Ohne seine Menschen sieht das Paradies doch sehr ernüchternd aus. Der Wind bläst und kündigt den unausweichlichen Herbst an. Von Trubel und Euphorie keine Spur.

„Und?", fragt Sascha und zündet sich eine neue Zigarette an, er qualmt wie immer ohne Unterbrechung.

Es ist ein Tag zum Sich-selbst-Begraben. An Tagen wie diesen sollte man an Kunst und Ähnliches keine Gedanken verschwenden, die Motivation ist gleich null. Saschas Anwesenheit und sein beharrliches Schweigen macht die Sache auch nicht besser. Er will ein Bier trinken. So früh am Tag, da könnte einem übel werden, aber er ist schnurstracks auf dem Weg zum Alkoholiker und nichts kann ihn mehr aufhalten. Sascha wollte diesen viel beschworenen Geist erleben, aber heute ist der Geist ganz woanders, jedenfalls nicht hier. Vielleicht an einem Punkt der Erde, wo es um diese Zeit dunkel ist, in Übersee, Afrika, auf den Fidschiinseln, aber nicht hier in Hamburg. Er wird wiederkommen, nur heute nicht mehr. Also schnellstmöglich weg hier, weit weg, dem Geist folgen und ihn irgendwo erwischen, wenn es geht.

Sie machen sich also daran, ihm zu folgen, aber er entfernt sich immer mehr. So landen sie erst in der Schanze und dann in Altona am Elbstrand. Der Geist ist immer noch nicht zu spüren und möglicherweise muss man der Elbe folgen, um auf hohe See zu gelangen und von da aus weiter zum Atlantik … Es könnte eine sehr lange und beschwerliche Reise werden. Noah spricht diese Worte aus und

Sascha tut so, als würde er die Geschichte glauben, und schweigt.

„Ein Bierchen trinken?", fragt Sascha.

„Nein, kein Bierchen, ich gehe jetzt nach Hause."

Die einzig richtige Entscheidung.

„Ich war die Tage in Berlin", erzählt Sascha von seinem Trip in die Hauptstadt. Trieb sich in Friedrichshain rum und schlief im Freien. „Wir müssen nach Berlin. Hamburg hat genug Energie aus uns herausgesaugt!"

Ja, irgendwann geht es nach Berlin, aber jetzt ist das Gängeviertel da. Endlich passiert was in HH, endlich kommen die Künstler und Revoluzzer zusammen, um … na ja, um irgendetwas zu verändern in der Stadt der Snobs. Reicht das etwa nicht? Jetzt kannst du doch die Stadt nicht verlassen?

Der Schweigsame steht dem Projekt skeptisch gegenüber. Außer Hauptstadt und Bier hat er nichts mehr im Kopf. Er hasst inzwischen alles an Hamburg, obwohl er ein Hamburger ist, in der dritten Generation.

Er muss alleine sein Bierchen trinken. Noah will allein sein, jetzt ist Menschen beobachten angesagt, und so macht er einen Bummel durch Ottensen.

Es wird auch hier pausenlos gebaut. Nur Neubauten zwischen den alten dänischen Häusern, die Bauarbeiten nehmen seit Langem kein Ende mehr. Was erst vor drei, vier Jahren instand gesetzt wurde, wird umgestaltet, der Boden wird aufgerissen und es wird zwischen Mauern und in Baugruben gewühlt. Überall Baulärm und unzufriedene Gesichter der alles hassenden Bauarbeiter um sich herum. In ganz Hamburg wird gegraben. Wird vielleicht nach alten Schätzen gesucht? Der Bau- und Kanalisationsmafia ist alles zuzutrauen.

Bauen und Latte trinken – das ist das moderne Bild von Ottensen. Während es in Deutschland immer mehr alte Leute gibt, sieht man diese in gentrifizierten (was für ein Wort!) Vierteln wie Ottensen oder Schanze kaum. Nur noch junge Vollbart-Brillenträger mit Lattebecher und Laptops. Ob es windet, regnet oder schneit, sie sitzen immer draußen vor den Cafés und nippen an ihrem Latte.

Der Latte ist die Zukunft.

„Was möchtest du bestellen?"

Nein, keinen Latte. Er bestellt viel lieber einen starken, verlängerten Espresso. Die Latte-Analyse geht aber munter weiter. Ein neues Getränk muss her!

LATTE GENTRIFICATO.

„Ich habe es mir anders überlegt, ich möchte doch was anderes trinken", schreit Noah der Bedienung hinterher.

„Was hättest du denn gern?"

Ein Engelsgesicht, die Kellnerin.

„Einen Latte Gentrificato."

„Oh, das haben wir nicht, tut mir leid."

„Sicher? Ist der neueste Schrei."

„Eh… Ich frag mal sicherheitshalber nach."

Ziemlich irritiert, die Süße.

Sie kommt wieder zurück, um Noah zu „enttäuschen".

„Tja, macht nichts, dann doch normalen Kaffee."

Die anderen Gäste im Café fragen sich flüsternd, was wohl dieser Latte Gentrificato sein soll, und werden nicht schlau aus Noahs Bestellung.

Das Café ist voller niedlicher weiblicher Latte trinkender Wesen. Die Spezies aus dem Latteland. Aber zum Flirten haben sie keine Zeit, auch wenn sie ganz bestimmt solo sind. Ihr Latte muss genossen werden, und dazu gibt es noch Gespräche von galaktischer Wichtigkeit. Auge um Auge, Zahn und Zahn. Nicht nach links, nicht nach rechts, nur geradeaus geht der Blick. Was kümmert mich, wer neben mir sitzt!

Wichtig. Single. Latte.

*

Es ist Sonntag und null Verkehr ums Gängeviertel, von der Reeperbahn bis zum Gänsemarkt ist heute autofrei, wegen Baumaßnamen der asphaltischen Art. Gleich ein Gefühl wie – aha, so muss es sich also vor 100 Jahren angefühlt haben, die Stadt ohne Autolärm und Hektik, reine Luft und entspannte Menschen. Nur noch die Kutschen fehlen. Aus der Laeiszhalle kommen die vertrockneten Bourgeois und lächeln mit ihren gelifteten Gesichtern die Welt an. Es wird Noah noch einmal mehr als klar, was für ein unbeschreiblicher Kontrast das ist, zwei Schritte weiter eine Adresse namens Gängeviertel zu haben. Zwei Welten prallen aufeinander.

Ein Rätsel bleibt aber noch zu lösen:

Warum haben Reiche und Promis der älteren Sorte immer gerötete Gesichter?

Die Frage bleibt unbeantwortet, dafür drängt sich eine andere Frage auf, die längst im Raum steht:

Was tun heute?

Die Antwort ist einfach – chillen im Viertel. Im Klartext: im Augenblick sein, ohne irgendwelche Pläne. Den von Sorgen geplagten und manchmal so vermüllten Kopf soweit es geht ausschalten. Eine Sitzposition der entspannten Variante einnehmen und den Körper warm halten. Den Blick nach vorne gerichtet halten, wenn möglich nicht bewegen, und wenn jemand was sagt, nicht in seine Richtung blicken, nur bedächtig nicken. Nicht reden. Zigarette um Zigarette rauchen und zwischendurch sich mal einen Kaffee gönnen. Bis der Hunger kommt…

Heute Abend kocht Haldo Nudeln. Er hat so viele Bandnudeln in den Topf getan, dass sie überkochen.

„Ich brauche Hilfe!", schreit der Arme und weiß nicht mehr wohin mit den Nudeln, „es hört nicht mehr auf, schnell, einen neuen Topf."

Gerade noch rechtzeitig kriegt er einen schwarzen Topf gereicht. Beinah hätten die Nudeln die kleine Küche überschwemmt und die Köche unter sich begraben.

Ein großer Kerl taucht plötzlich auf und ohne Hallo oder irgendeinen anderen Kommentar beginnt er voller Elan, irgendetwas mit Mehl, Milch und Eiern zuzubereiten. Was soll das bloß werden?

„Pfannkuchen, Alter."

Ludovico nennt er sich. Mit Hamburger Slang und etwas verlangsamt in der Aussprache.

„Nur Biozutaten", verkündet er stolz. Ach, diese Bio… So eine Art Schutzschild heute. Bist du auf Bio, dann bist du immer auf der sicheren Seite. Irgendwie auch so etwas wie Latte, nur diesmal für alternativ denkende Menschen. Sagst du Bio, stehen dir alle Türen offen.

Bio-Ludovico ist in seinem Element. Man merkt ihm an, er kifft gern. Kiffen verlangsamt das Gemüt und nimmt dem Menschen die Aggression. Es dauert eine Weile, bis ein Mensch, der kifft, antwortet oder überhaupt eine Reaktion zeigt. Daran muss man sich in einer hektischen Welt erst einmal gewöhnen.

SELTSAME TYPEN

In dem Raum mit dem Sandstrand sitzen jeden Tag Menschen mit seltsamem Gemüt. Auf einmal erscheinen sie, ohne dass sie jemand eingeladen hat, und sitzen einfach da. Sie qualmen und schweigen oder schauen nach den Mädchen. Das Projekt zieht seltsame Typen an wie ein Magnet. Nicht alle sind Künstler, eher Lebenskünstler. Das klingt besser als „Künstler". Wir leben in einer Zeit der Lebenskünstler.

„Warst du schon mal in Bombay?", schreit jemand Noah an.

Glatze. Klein. Ausdrucksstarkes Gesicht.

„Nein, du vielleicht?"

Jetzt lacht der Typ und nimmt sich eine satte Portion Nudeln, als wäre er zu Hause bei seiner Mama. Dann schmeißt er sich in eine pathetische Pose und macht einem dunkelhaarigen Mädchen, einer Aktivistin der ersten Stunde, einen Heiratsantrag. Das Mädel reagiert ganz cool und sagt, er solle sich entspannen. Glatze schmeißt wütend seine Gabel hin und stürmt hinaus.

„Das ist ein gescheiterter Schauspieler", sagt jemand am Tisch, „hat in den 90ern in einigen Serien mitgemacht."

„Und ist jetzt zum Psychopathen geworden?"

„Ja, so in etwa."

Ein einziger Blick in die Runde reicht, um zu erfassen, was hier so alles hereinschneit. Auch einige Bewohner des Obdachlosenheims in der Nähe mit Namen „Pik As" sind häufige Besucher, besonders einer, der mit sehr ernster Miene da sitzt und schweigt. Man weiß nicht, was man von ihm halten soll, er ist nicht taubstumm, gibt aber keinen Laut von sich. Könnte jederzeit explodieren, der Mann. Soll aber bereits unter Beobachtung stehen.

Glatze erzählt Geschichten, die keinen Anfang, keine Mitte und kein Ende haben. Es entsteht tatsächlich der Eindruck, dass es sich hier um eine Insel der absoluten Freiheit handelt. Niemand wird des Raumes verwiesen und niemand schief angeguckt. Noch. Die Lage könnte aber jederzeit eskalieren.

Noah braucht Tabak und wird auf einen älteren Typ verwiesen.

„Er raucht doch nur Gras?"

„Er? Ich bin aber kein Er!"

Er ist kein Er. Was ist er dann?

„Eine Sie!"

Hoppla.

„Ich kann dir Marihuana geben, aber keinen Tabak, Tabak ist Gift."

Lateinamerikanischer Akzent. Bei näherer Beobachtung erkennt man weibliche Züge im Gesicht des Mannes, aber er hat so etwas wie einen leichten Bart. Dazu keine Zähne. Die langen dünnen Haarsträhnen kleben förmlich an der Haut seines Gesichts.

„Das ist Eleonora, eine Transenlegende", wird geflüstert. Eleonora ist Kolumbianerin und labert ständig etwas Unverständliches, lacht als Einzige über ihre/seine eigenen Witze.

Draußen beim Mondlicht sitzen ein Hippiemädchen und ein Hippiejunge. Dass sie auch kiffen, ist selbstverständlich. Es sind Musiker, die zufällig auf dem Gelände strandeten, auf der Suche nach etwas zu essen. Wenig später gesellt sich ein Typ zu ihnen, mit aufgemalten Katzenaugen, der sich Ahmed nennt und sie vollquatscht. Er redet über seine neu entdeckte Freiheit und der Hippietyp schweigt, guckt ihm intensiv in die Augen und schweigt weiter:

„Ich bin frei, Mann! Kann überall schlafen, wo ich gerade bin. Gestern war ich in Kiel und heute bin ich in Hamburg. Abgefahren. Ist das nicht ein Wunder?"

Der Hippie schweigt, aber nickt.

„Kann ich auch mal ziehen? Danke ... Ja, Freiheit ist alles. Ich finde es toll, was die Leute hier tun. Das ist auch ein Wunder, nicht wahr, Mann?"

Der Hippie schweigt und guckt Ahmed intensiv in die Augen.

„Heute gibt es doch keine echten Hippies mehr? Seit den 70ern nicht mehr. Ist das nicht so?"

Und der Hippie schweigt immer noch.

„Ist echt so abgefahren, Mann!"

Und jetzt sagt der Hippie endlich etwas:

„Ja... So was von abgefahren!"

Nun nicken die beiden gleichzeitig und stellen noch einmal fest, wie abgefahren es ist.

5.
KENNENLERNEN UND VERNISSAGE

„Die Russen haben einige Räume besetzt!"

Das Viertel ist aufgeregt, eine Gruppe russischer Künstler hat in der Nacht in der Butze die oberen Geschosse aufgebrochen und die bereits besetzten Räume noch einmal besetzt, um ein eigenes Theater aufzuziehen.

Lorenz, einer, der sich ständig mit der Mannfrau Eleonora abgibt (weil die Gute stets was zum Rauchen hat), rief daraufhin noch in derselben Nacht die Polizei und die Bullen vertrieben die Russen.

„Sie waren sehr aggressiv", erzählt Haldo, der endlich seine Bestimmung gefunden hat: Dem Viertel treu zu dienen, egal, was kommt. Ein echter Soldat der Gängeviertel-Armee.

„Die Bullen?", fragt Noah.

„Nein, die Russen."

„Vielleicht eine Provokation?"

„Ja, damit muss man jetzt immer rechnen."

Plötzlich ist jeder verdächtig, von den Behörden eingeschleust zu sein. Dieser Gedanke macht die Unschuld des jungen Projekts zunichte. Was irgendwann aber unumgänglich war.

Das Ereignis ist auch ein Thema für die VV. Schon wieder viele neue Gesichter, aber auch viele bekannte, irgendwie kennt man sich und man kennt sich doch nicht. Noah spürt eine unüberwindbare Barriere zwischen den Menschen und bekommt blitzartig eine Idee: Eine Kennenlernparty muss veranstaltet werden.

Zu gerne hätte er die Idee in seinem Kopf weitergesponnen, aber die Themen auf der VV sind wichtig. Für Lorenz hagelt es Missbilligungen, nach dem Motto – wie konntest du nur die Polizei zu Hilfe holen? Kommen wir etwa nicht mehr allein klar mit unserer Situation? Lorenz schmeißt hin und verschwindet, seitdem ward er nie wieder gesehen. Neben Noah sitzt die Glatze und schmeißt eine Tablette nach der anderen ein. Ein Gesicht wie aus dem Politbüro des Kreml. Könnte ein Sohn von Gorbatschow sein, der den Weg der Drogen gewählt hat.

„Ja! Ja! Genauso ist es!", ruft er bei jeder Rede in die Runde. Dann guckt er zu Noah und nickt heftig mit seinem kahlen Kopf und animiert diesen, seinerseits zu nicken. Nicken ist Programm.

Die Lage ist ernst. Sie ist immer ernst auf den VVs. Der Ausgang des Ganzen ungewiss. Das Ziel ist aber für alle klar: Die nächsten 99 Jahre hier bleiben und die Festung halten, koste es, was es wolle!

Die Verhandlungsgruppe hat der Stadt ein Konzept vorgestellt, wie das Gängeviertel in Zukunft aussehen soll. Der Investor Hanzevast will nicht aufgeben und besteht auf sein Recht. Er muss jetzt der Stadt eine fällige Rate zahlen, aber es wird gemunkelt, er hätte die Kohle gar nicht mehr.

Liebecht ergreift das Wort und beschwert sich über die langen Reden. „Wir saugen uns gegenseitig die Energie aus! Anstatt so viel zu reden, könnten wir was Nützliches tun."

Keine Reaktion, die meisten verstehen eher nicht, was er meint. Er verlässt die VV und geht wieder an seine Arbeit, während der Rest weiter in stundenlangen Reden und Diskussionen versinkt. Im rechten Raum der Fabrik (VVs werden ja im linken abgehalten) wird am Tresen gearbeitet. Parallel dazu hantiert ein Sprayer mit seinen Dosen und schafft mit äußerst ernster Miene Kunst.

Die Redeliste ist lang. Wie geht man mit der Stadt um? Für den linken Flügel nicht radikal genug, für den gemäßigten zu radikal. Noah hält es wieder nicht länger als eine Stunde aus und geht. Eine Stunde ist ihm gerade lang genug, und so eine Versammlung dauert meistens 4 Stunden.

Wie immer wird gewerkelt im Viertel. Sogar auf den Dächern sieht man Menschen, die die Häuser winterfest machen. Es ist schon Herbst und es wird immer kälter.

Die Küche hat seit Kurzem einen uralten Stromradiator und von irgendwo – woher weiß keiner so richtig, wird Strom abgezapft. Haldo kocht Kohl, Kartoffeln und Speck, etwas sehr Norddeutsches. Dazu noch Birnenbohnen. Ein Gericht zum Magenvollschlagen bis zum Platzen. Er hat es auch nicht ausgehalten auf der VV. Aber die beiden sind sich einig:

Die VVs sind wichtig!

Gut, dass es Leute gibt, die die VVs durchhalten, gäbe es nur Künstler hier, würde nichts richtig funktionieren.

Dann ein Blick auf die aktuellen Zeitungen, die hier überall rumliegen. Allesamt berichten sie vom Gängeviertel, Lob und Anerkennung, fast zu schön, um wahr zu sein! Das „Abendblatt" schreibt: Solidarität ohne Ende. Das macht stolz! Den Hamburger Medien fehlt nur noch ein Satz, der perfekt zur Lage passen würde:

„Heute sind wir alle Gängeviertel!"

Immer noch kommen Hamburger und staunen, dass ein so charmantes Viertel verkommen konnte und völlig vergessen wurde. In diesen herbstlichen Tagen atmet die ganze Stadt die Luft des Viertels.

In derlei stolz machende, angenehme Gedanken versunken, von einem samtweichen Rotwein begleitet, hören Haldo und Noah einen Schrei. Er kommt aus dem provisorischen Klo der Küche in der hintersten Ecke.

„Oh Mann! Alles kommt raus!"

Das Klo explodiert förmlich, alles, was hineingekommen war, findet den Weg wieder nach draußen. Ein weit verbreitetes Phänomen auf dem Gelände.

Schrei aus dem Klo: „Kloexplosion im Gängeviertel!"

Ein geiler Artikel könnte das werden für die „Bild". Fotos werden geschossen. Wer weiß, vielleicht braucht die Bildzeitung irgendwann wirklich Beweise?

*

Wen soll man hier fragen, wenn man eine Ausstellung machen will?

Die Programmgruppe, heißt es.

„Wo soll die Ausstellung stattfinden?"

Natürlich in der Fabrik im linken Raum, dem größten im ganzen Viertel. Nur da können sich Noahs Bilder so richtig entfalten.

Sich an die Paten wenden, heißt es weiter.

Paten? Gibt es bereits eine Mafia im Viertel?

Pate, so heißt ein ehrenamtliches Amt. Also, auf geht's zu den Paten.

Die zwei jungen Paten sehen sich kurz einen Katalog mit Noahs Bildern an und versprechen ihm eine Ausstellung. In einem Monat, Anfang November. Er solle nun einen Begleittext schreiben und Flyer entwerfen.

So einfach kann es manchmal gehen.

Also die Bilder aussuchen und Flyer drucken, Einladungen verschicken. Die passende Musik für die Vernissage vorbereiten.

Zuerst aber das Event, über das sich Noah neulich mit Haldo Gedanken gemacht hat. Eine interne Kennenlernparty.

Auf der Party malen dann alle gemeinsam ein großes Bild und anschließend wird es versteigert. Der Starmaler Daniel Richter soll helfen. Wieder eine Anfrage bei den jungen Paten.

„Das ist ja eine tolle Idee! Klar machen wir das, in der Fabrik, in zwei Wochen."

Jeder ist von der Idee angetan. Jeden Tag triffst du jemanden, siehst sie oder ihn an, sprichst mit ihr oder ihm, aber kennst nicht einmal ihren oder seinen Namen. Nur Hallos, diese nichtssagenden Hallos, oder manchmal nicht einmal das.

Es ist entschieden: Es ist Noahs Party und er trägt die Verantwortung dafür.

Die Nachricht verbreitet sich schnell.

Lass uns einander kennenlernen, ich möchte alles über dich wissen, wer bist du, was bist du, woher kommst du, was hast du bis jetzt gemacht, wofür brennst du, machst du Kunst oder redest du nur...? Solche Fragen wurden bis jetzt nicht gestellt, es gab nur eine kleine Clique, die sich nähergekommen ist: Die Macher des Ganzen, die sich schon vor der Besetzung kannten und höchstwahrscheinlich schon vorher jeden Abend zusammen verbrachten. Kein Wunder bei so einem Projekt mit so unterschiedlichen Menschen und 12 Häusern. Dazu kommt noch, dass jeden Tag Menschen kommen und oft unzufrieden wieder gehen, weil sie keinen Anschluss finden.

Nun spannt Noah draußen in Schier's Passage die Leinwand. 180 cm breit und 150 cm hoch. Während in der Küche wieder geschnippelt und gekocht wird und die Besucher endlich eine Vorstellung davon bekommen, wie ein Künstler seine Leinwand vorbereitet. Sie bleiben stehen und beobachten den Prozess. So macht man das also ... Die Tatsache, dass er beobachtet wird, führt zu einer gewissen Nervosität beim Künstler. Jetzt gelingen die Kleinigkeiten nicht sofort. Vorführeffekt. Zu gerne würde er jetzt sagen – hey, was glotzt ihr so, habt ihr denn nichts Besseres zu tun?

Aber das ist es, was die Menschen jetzt tun wollen: Dem Künstler bei der Arbeit über die Schulter schauen. Endlich einmal. Einige fotografieren sogar und werden die Fotos zu Hause herumzeigen.

Jemand hat die Idee mit den Namenschildern und so bekommen alle ihre Namen angeheftet. Jetzt hat man endlich einen Namen. Vorbei mit „hey, du", jetzt spricht man sich mit Namen an. Auch die Fraktion „der Seltsamen" von Glatze bis Eleonora sind da, aber sie verhalten sich zum Glück ruhig, sind irgendwo in einer Ecke ausschließlich mit ihren heiligen Joints beschäftigt. Für diese Spezies vergeht die Zeit sehr langsam und sie kommen aus einem Augenblick, der ewig dauert, nicht mehr raus. Ist auch gut so für diesen Abend.

Auf eine „geschlossene Gesellschaft" wird verzichtet, also kommen auch einige ohne jeglichen Bezug zum Projekt. Junge Leute, die begeistert jede Party und jedes Konzert besuchen, ob das von Jan Plevka oder Fettes Brot ist oder eine Party mit Fatih Akin steigt. Sie alle waren schon da gewesen hier auf dem Gelände, doch Noah hatte sie alle verpasst. Während andere mit diesen Künstlern feierten, standen er und Haldo in der Küche und vergaßen tatsächlich, dass nachts immer in irgendeiner Ecke des Viertels gefeiert wurde. Das sollte sich nun ändern.

Auf der Bühne hat er seine Leinwand sowie viele Farben deponiert und wartet nun, bis der Alkoholpegel der Leute gestiegen ist, dann haben die meisten mehr Mut, zu den Farben zu greifen und sich auszutoben. Erst aber wird geknutscht. Endlich einmal eine Gelegenheit, den Gefühlen freien Lauf zu lassen. Die jungen Mädchen sind besonders knutschfreudig. Auch Noah sieht sich um.

„Ach, du bist doch der Typ, der hier kocht!", hört er von allen Seiten. „Ja, aber eigentlich bin ich Künstler."

Bescheidenes Lächeln.

„Das sind wir doch alle!"

Natürlich, hier sind alle Künstler. Hier hat die Kunst, wie seltsam es auch klingen mag, längst nicht den hohen Stellenwert, wie er ihn sich erhofft hatte (immer diese Erwartungen, vielleicht zu hohe und zu viele). Hier zählst du als Künstler genauso viel wie ein Tischler in seiner Schreinerei, nicht mehr und nicht weniger. Künstler sein ist die normalste Sache der Welt.

Jetzt ist die Zeit, um loszulegen und sich auszutoben, nimm dir die Farbe, spritze los, bade darin.

Los Leute, die Bühne gehört euch!

Dann ein Blick auf einen älteren Mann, der so gar nicht zu den Menschen hier passt, noch nicht mal heutzutage. Der Mann kommt definitiv aus einer anderen Zeit. Und sieht aus wie der ermordete chilenische Präsident Salvador Allende. Kleidung, Haarschopf, Schnauzbart. Eins zu eins. Ein Professorengesicht aus den frühen 70ern.

Was macht Allende im Hamburger Gängeviertel 2009?

„Herzlich willkommen, Señor Presidente", begrüßt ihn Noah.

Allende lächelt und sagt nichts. Er hat schon verstanden.

Ist das Allendes Geist, und nimmt ihn nur Noah wahr? Die anderen scheinen ihn nicht zu bemerken und Noah geht zu Haldo, der heute Abend die Barschicht schmeißt, und zeigt auf den merkwürdigen Mann. Aber Allende ist plötzlich nicht mehr da.

„Vielleicht hast du schon zu viel getrunken", schmunzelt Haldo und schiebt Noah gleich einen Kurzen rüber.

„Er war doch eben noch hier!"

Señor Allende, wo sind Sie? Hat jemand Allende gesehen? Hallo?

Der Mann mit dem Schnauzbart ist spurlos verschwunden.

„Vielleicht wurde er von Pinochets Geheimdienst entführt?", grinst Haldo.

Inspiriert von dem Besuch des chilenischen Revolutionärs und Reformers schreibt Noah folgende Worte auf die Leinwand:

REVOLUTION IS COMING.

Wird aber gleich übermalt, der Spruch. Dinge entstehen und verschwinden auf der Leinwand. Es wird wohl nichts mit großer Kunst heute, in dieser betrunkenen Atmosphäre. Interessante Kompositionen sprießen hervor, aber ehe man sie genauer bewundern kann, macht irgendein Besoffener das Ganze mit einem Pinselstrich wieder zunichte.

„Nein, nein, bitte nicht so viel Schwarz!", schreit Noah einem wichtigtuerischen Künstler zu, der in seinem Wahn überall auf dem Bild schwarze Umrandungen hinterlässt. In einer Hand sein Bier, in der anderen einen Pinsel, grinsendes Gesicht. Er wird schließlich zum Tresen gebeten, bitte zur Ruhe kommen. Dann toben sich die Streetart-Künstler aus und dekorieren die arg zugerichtete Leinwand mit coolen Sprüchen. Ein Hip-Hop-Geist macht sich breit, auch musikalisch. Paare finden sich. Es wird geknutscht und geschmust. Noah versucht zu retten, was noch zu retten ist, und verhängt einen Malstopp für die Leinwand. Trotzdem zieht das Bild die Menschen magisch an, Fahrkarten, Taschentücher, alles nur Mögliche wird darauf befestigt. Ein Kondom ist auch dabei.

„Ach, macht doch, was ihr wollt", er geht schließlich zum Tresen. Der schweigsame Sascha ist eingetroffen und hat etwas Ritalin dabei, genau das Richtige zum Entspannen, die Birne braucht etwas Nahrung, die Kunst hat versagt, jetzt müssen die Drogen ran.

Erwachen in den Armen einer Dunkelhaarigen. Der Rest dazwischen ist verloren. Die beiden sind alleine auf dem zerfetzten Sofa und der erste Blick gehört instinktiv dem verunglückten Bild. Hey, jetzt sieht es gar nicht mehr so übel aus. Zwar entsteht der Eindruck, auf dem Bild habe der Dritte Weltkrieg stattgefunden, aber es kann sich sehen lassen. Vielleicht zeigt sich darin der gegenwärtige Zustand der Seele des Gängeviertels: wild, bunt, unberechenbar, crazy. Und die Dunkelhaarige?

„Ich bin Lara, hast du schon vergessen?" Sie hat mit dem Gängeviertel nichts am Hut. Kam zufällig vorbei und wurde gleich von einem interessanten Typen angequatscht.

„Und hatten wir… S… x?"

„Ach Mensch, natürlich hatten wir Sxxxxxxx."

„Vor den ganzen Leuten hier?"

„Sicher."

Er kann sich nur noch an mehrere Jägermeister erinnern, aber er muss richtig zugelangt haben. Eine seltsame Situation, du hast mit dem Mädel geschlafen, aber jetzt siehst du sie das erste Mal im Leben und hast sonst nichts zu sagen.

„Ich hab bei dem Bild auch mitgemacht", sagt sie, „da, die Blumen in der Ecke sind von mir."

„Du kannst malen?"

„Na ja, du hast mich ermutigt, jeder kann malen, hast du die ganze Zeit gesagt."

Noahs Kopf tut fürchterlich weh, wie oft hat er sich schon geschworen, niemals Getränke wild durcheinander zu trinken, statt immer nur bei einem zu bleiben.

Jetzt lacht sie:

„Reingelegt. Wir hatten nichts. Nur gekuschelt und dann bist du eingepennt."

Ist das gut oder schlecht?

Vielleicht beides. Aber nachgeholt werden muss es auf alle Fälle. Nach Hause gehen, schlafen, duschen, essen und dann vielleicht sich treffen?

„Eine geniale Idee", findet auch Lara und steht auf. Scharf sieht sie aus. Ein guter Jahrgang. Handynummer ausgetauscht und das Treffen für heute Abend vereinbart. In einer Kneipe in Ottensen.

Dort vollzieht sich direkt vor dem Haus, in dem er wohnt, ein seltsames Geschehen:

Eine übermäßig füllige Frau wird mit dem Kran aus dem Fenster gehievt. Die Straße ist voller Menschen, Polizei, sogar Kameras sind da. RTL filmt. Es ist seine direkte Nachbarin.

„Sie passte nicht mehr durch die Tür", freut sich das schaulustige Volk und lacht.

Noah hatte sie nur ein einziges Mal gesehen, als sie zufällig die Tür öffnete und dann wieder schnell schloss. Die Gute war genauso breit wie hoch. Wochenlang hatte er ihr Stöhnen gehört. Man schließt sofort auf sexuelle Vergnügen und freut sich für seine Mitmenschen. Doch es gab einen anderen Grund für die Geräuschkulisse: Sie hatte beschlossen abzunehmen und hungerte, hungerte, hungerte. Bis sie zusammenbrach und ihr Mann, nicht weniger dick als sie, den Krankenwagen rief. Deshalb musste der Kran ran.

„So ein Mist, du", sagt der besorgte Ehemann später, zufälligerweise selbst Kranführer im Containerhafen.

„Wenn du irgendwas brauchst …" Standardsatz eines hilfsbereiten Nachbarn.

„Ist schon gut, sie ist jetzt im Krankenhaus, die Ärzte werden sich um sie kümmern."

Die beiden haben einen 13-jährigen Sohn.

Und RTL sendet die Tragödie einer Ottensener Familie in „Exklusiv".

Natürlich hat Noah die ganze Zeit Lara im Kopf. Die Erinnerung an ihre Kurven und ihr dunkles

plüschig weiches Haar wechseln sich mit noch ge-
wagteren Bildern ab. Dazu die Freude – endlich
eine eigene Ausstellung im Gängeviertel, mit vielen
Besuchern und Presse. Das Thema Nummer eins
beim Treffen mit der Gazelle. Spät in der Nacht
finden sie den Weg zu Noahs Museumswohnung
und lieben sich, bis es irgendwann an der Tür klingelt. Der füllige Nachbar steht vor der Tür:

„N' Abend, ich wollte dir nur sagen, dass meine
Frau soeben im Krankenhaus gestorben ist."

Damit ist die Nacht gelaufen.

*

Im Gängeviertel herrscht Panik: Der Investor Hanzevast hat die fällige Rate bezahlt!

Was bedeutet das? Das Viertel räumen? Ende
eines Traumes?

Man ist ratlos. Es wird gemunkelt, ein Bierunter-
nehmen aus Bayern hätte dem Holländer das Geld
geborgt, er selbst sei schon längst zahlungsunfähig.
Und jetzt das. Von einer Verschwörung im großen
Stil ist die Rede.

Das Wort Hanzevast ist in aller Munde.

Was wird aus Noahs Ausstellung?

Niemand weiß es. Plötzlich steht alles auf der
Kippe. Die Verhandlungsgruppe verhandelt mit der
Stadt und tut ziemlich geheimnisvoll, als ob sie
etwas wüssten, was sie nicht preisgeben dürfen.

„Scheiß Hanzevast!", hört man in jeder Ecke. Hanzevast, die Hassfigur Nummer 1. Der Kerl kann einem fast leidtun.

„Wir sollten ihn einladen", redet Noah mit den Typen, die immer im Hof herumstehen und skeptisch sind, Abteilung Gerüchteküche.

„Und was willst du ihm sagen?"

„Er soll uns in Ruhe lassen, und dafür bekommt er viele Kunstwerke von uns!"

Hanzevast scheißt aber auf Kunst. Und noch mehr auf die bunten Vögel, die sie produzieren und sich in seinem künftigen Reich der Geschäfte breitgemacht haben. Für ihn sind sie allesamt nur Pack. Auch seine Familie und seine Freunde verfluchen wahrscheinlich dieses Künstlergesocks. Warum muss ausgerechnet ihm so etwas passieren? Aber gibt es den Menschen Hanzevast überhaupt? Hat er einen Vornamen, ein Gesicht, dieser Mistkerl? Hat ihn überhaupt jemand je gesehen?

Hanzevast will nur eins: all diesen Charme zerstören, Menschlichkeit und Leben vertreiben, alles gnadenlos niederreißen, um seelenlose, tote Einkaufstempel und Bürozentren hochzuziehen. Anschließend kassieren und abhauen, in die anderen Ecken der Welt, das ist sein Credo, die hoffnungsvollen Perspektiven der Menschen, was zählen sie schon, weg damit, lasst uns die Städte deformieren. Er ist einer von vielen Magnaten, die zurzeit weltweit ihr überall gleiches Unwesen treiben.

Die nächste Hiobsbotschaft:

Die spontan einberufene VV hat gestern beschlossen, zwei Gebäude zu räumen, denn die sollen jetzt dem Investor gehören: Das Herzstück des Viertels, die Fabrik, und die Zentrale der Linken, die Druckerei. Beides Orte, wo Partys, Ausstellungen und Konzerte stattgefunden haben. Jetzt gibt es keine Bühnen mehr.

Ein taktischer Schritt, wie man hört, um wenigstens den Rest nicht zu verlieren.

„Wir machen zu viele Kompromisse!", urteilen die einen.

„Das war die einzig richtige Entscheidung!", sagen die anderen.

Und das bedeutet das Aus für Noahs Ausstellung.

In einer Nacht-und-Nebel-Aktion werden die großformatigen Bilder aus der Fabrik hinausgetragen, künstlicher Nebel wabert, um den Namen und die Dramatik der Aktion zu unterstreichen. Sehr mystisch. Die Fotos verbreiten sich am nächsten Tag in der Presse. Die Welt schaut hin und denkt noch einmal über das Gängeviertel nach.

Die Lage ist so dramatisch, dass Noahs persönliches Leid niemanden interessiert. Er ist nun mal Teil der Gruppe und er hat sich zu fügen. Eine Gruppe ist so etwas wie eine Stammesgesellschaft, und wer sich nicht fügt, fliegt raus.

Er weint sich bei Haldo aus. Der ist wie immer beim Kochen anzutreffen und hat eine Idee:

„Heute ist Delegiertentreffen in der Puppenstube, du gehst hin als Delegierter für die Butze und dann sprichst du das Thema an."

Gesagt, getan. Erst hört er sich alle Redebeiträge an und zum Schluss trägt er sein eigenes Anliegen vor.

„Die Flyer sind schon fertig und da steht als Veranstaltungsort ‚Fabrik'!"

Die Lösung, die gefunden wird, heißt: Tischlerei. Die kleine Fabrik am Ende von Schier's Passage, wo gelegentlich ebenfalls Ausstellungen stattfinden, Noah kann die beiden Räume haben, links und rechts vom Gang. Jetzt muss er allerdings die 200 Flyer alle mit der Hand korrigieren und die Einladungen noch einmal verschicken.

AXEL KANN'S NICHT LASSEN

Hanzevast lässt die Fabrik von Türstehern bewachen. Sie wirken wie taubstumm. Oder sie tun nur so. Sie stehen da mit den Hunden in aggressiver Pose aggressiv wirkenden Hunden und machen ein noch grimmigeres Gesicht, essen dabei mitgebrachte Sandwiches, könnten Russen sein mit ihren Russenmützen. Nur die Gewehre fehlen. Der Investor will den Eindruck vermitteln, dass er es ernst meint. Beim Anblick des Herzstücks des Viertels steigen einem die Tränen in die Augen. Die Räumungen haben das Leben im Viertel lahmgelegt, das ist überdeutlich, keine Partys und keine Konzerte mehr. Zum Glück ist noch die sogenannte „Jupi Bar" da, an der Ecke Caffamacherreihe/Speckstraße. Nun finden alle wichtigen Treffen dort statt. Ohne Heizung, dafür aber mit jeder

Menge Schals und Mützen und Atemdunst vor den Mündern. Die Kälte ist nicht mehr wegzudenken, die bunten Klamotten sind dunkleren gewichen.

Das Gängeviertel wirkt wieder öde, merkwürdige Gestalten bevölkern es und machen einigen Bewohnern aus den benachbarten Häusern Angst. Die anfangs verdächtig wohlmeinende Presse, vor allem aus dem Hause Springer, zeigt nun ihr wahres Gesicht. Die Bildzeitung bringt einen bösen Artikel, in dem eine angeblich in der Nähe lebende Studentin zu Wort kommt: „Ich habe hier Angst, abends spazieren zu gehen, sie trinken Alkohol und nehmen Drogen." Der spießige Kleinbürger ist empört. Wie in den späten 60ern. Auch ein Frisör kommt zu Wort, der neben der Jupi seinen Laden hat und sich nun über den Lärm beschwert. Ein komischer Vogel mit einem großen schwarzen Hund, der von ihm kaum zu unterscheiden ist. Eigentlich sollte er froh sein, dass die Häuser besetzt worden sind, sonst wäre sein Laden jetzt nur noch einer von vielen Trümmerhaufen im Abrissprogramm. Vor allem die Bewohner aus den Glaskästen sind empört! Sie wollen so ein Pack hier nicht, das ist die Botschaft! Es soll Friedhofsruhe herrschen, wie das immer der Fall war im Hamburger Zentrum. Bloß keine Veränderung!

Ein neuer Klassenkampf?

„Klar!", analysiert die Dreadlockgemeinde im Hof um eine Feuertonne, „Die Hafenstraße war was anderes, aber hier haben wir das Zentrum, die City besetzt, wo das große Geld gemacht wird. Das werden die nie zulassen!"

Noah hat plötzlich das Gefühl, dass diejenigen Kerle, die alles so negativ sehen, die Spitzel sein könnten. Für miese Stimmung sorgen bei den Menschen, ihnen die Hoffnung nehmen – so lautet wahrscheinlich ihr Auftrag. Er schießt aber diesen unerfreulichen, paranoiden Gedanken schnell ins Nirvana.

Es wird nach der Studentin gesucht. Wie wird sie denn sein, die Spießertante? Dick, hässlich und reaktionär? Aber sie existiert gar nicht. Eindeutig eine frei erfundene Geschichte in bester Bildzeitungsmanier. Aber was soll's. Wenn Millionen Leser das glauben, sind sie selbst schuld. Man muss die andere Seite der Medaille sehen: Die Bildzeitung macht ungewollt Werbung fürs Gängeviertel. Je schlimmer sie über das Viertel schreiben, desto mehr Fans bekommt die ganze Sache. Besser geht's nicht.

Das Wichtigste, das für alles Üble entschädigt, hat Noah gar nicht mitbekommen (Um alles mitzubekommen, was auf dem Gelände vor sich geht, muss man Tag und Nacht hier sein und jede Besprechung mitmachen, wie es einige Eifrige auch tun.): Die oberen Etagen werden nun auch zur Verfügung gestellt. Endlich Schluss mit dem Erdgeschosszwang! Dazu kommen drei weitere Gebäude am Valentinskamp. Ein Deal mit der Stadt!

Der Weg ist endlich frei für die lang ersehnten Ateliers.

Dann noch ein wunderschönes Ereignis: die Lichterkette. Gebildet von Hamburger Bürgern, die das Gängeviertel behalten und keinen neuen, überflüssigen Bürokomplex wollen. Genug, was in der Stadt zerstört wurde, wir sind nicht mehr im Krieg, warum sollte man also das Alte abreißen? Es kommen Hunderte Teilnehmer und solidarisieren sich mit der Bewegung. Die Menschen bilden eine Lichterkette ums ganze Viertel. Freudige Gesichter, die fühlen, dass sie etwas verändern wollen und können, und die fest daran glauben. Junge, Alte und Kinder, alle stehen einfach da mit ihren Kerzen in den Händen und ihrer Hoffnung in den Gesichtern, und das Ganze hat einen heiligen Hauch, als ob sie gemeinsam mutig und standhaft vor einem schlimmen Feind stünden, um etwas Fürchterliches zu verhindern. Keine linke Szene, keine Chaoten, keine Radikalen. Gekommen ist die Mitte der Gesellschaft. Es hat etwas von Gandhis Credo der Gewaltlosigkeit.

„Ihr seid alle so süß!", ist die Botschaft der bürgerlichen Hamburger.

„Wir stehen euch bei, egal was passiert! Macht nur weiter."

Haldo und das Küchenteam haben Glühwein vorbereitet. Ein neuer großer Topf ersetzt den alten und es wird gespendet ohne Ende. Die Hamburger werden wach. Nicht in unserem Namen! Es wird gesungen, getanzt und gelacht.

Die Journalisten entschädigen in ihrer Berichterstattung für den Ausrutscher der Bild und bringen tolle Reportagen über das Gängeviertel. Wieder ein Gefühl der Unbesiegbarkeit. Wer für die gerechte Sache kämpft, wird wohl nie enttäuscht.

DIE VERNISSAGE

Vernissagen sind in der Regel eine fürchterlich langweilige Sache. In 5 Minuten hat man die Bilder betrachtet und dann beginnt der große Leerlauf. Mit einem Getränk in der Hand in der Ecke stehen, hoffen, dass vielleicht noch etwas anderes passiert. Viele Künstler arrangieren ein Set mit DJ, dann artet aber der Abend in eine Party aus und der Musiker stiehlt dem Künstler die Schau. Am nächsten Tag kann sich niemand mehr an den Künstler und schon gar nicht an die Bilder erinnern, alle denken nur – wow, was war das für eine geile Party! So etwas will Noah auf gar keinen Fall. Sein Rezept ist folgendes:

In dem einen Raum schockierende Bilder mit politischem Charakter.

In dem anderen Raum Bilder besonders ästhetischer Art, Bilder, die über Sofas passen.

Ganz ohne Musik geht es natürlich nicht. Zwei aus dem Viertel erklären sich bereit, den ganzen Abend lang die Gäste mit Livemusik zu unterhalten, dafür bekommen sie jeder ein kleines Bild von Noah geschenkt. Haldo und die anderen Mädels aus der Küche sorgen an der improvisierten Bar für die durstige Kehle.

Noah ist kein introvertierter Künstler wie die meisten, ganz im Gegenteil – er geht auf die Menschen zu und erklärt jedes einzelne Bild. Arbeitslosigkeit, Überwachungsstaat, Konsumgeilheit, sogar ein nackter Hitler ist präsent, Revolutionsgelüste ebenso. Er ist sehr stolz darauf, dass er sich an diese Themen wagt, allzu oft wird die Kunst heute dem Sofa und der Wandfarbe angepasst.

Es sind viele Besucher da, aber von den hundert Eingeladenen vielleicht nur zehn. Selbst Lara ist nicht gekommen. Typisch für eine Vernissage, Freunde und Bekannte wollen partout nicht erscheinen. Selbst die Gängeviertel-Gemeinde ist spärlich vertreten.

„Du hast dich selbst übertroffen!"

Das ist Detlef, ein ehemaliger Kollege samt seiner Familie und einem älteren Freund, der angibt, in den 70ern häufiger den Puff im Gängeviertel besucht zu haben.

„Gibt es ihn noch?" Er meint das berühmt-berüchtigte „Madhouse".

Nein, davon gibt es nicht mal mehr die leiseste Spur.

Detlef ist wie ein französischer Kommissar der 60er gekleidet und hat sichtlich Spaß an der Vernissage. Er lebt nur im Heute, hat Gras dabei und gibt jedem davon ab, der das registriert hat. Vielleicht wirken die Bilder dadurch noch intensiver.

Was zu befürchten war, stellt sich so langsam ein: Die Vernissage artet in eine Spaßparty aus. Die Musiker schreien sich ihre Seelen aus dem Leib, die Besoffenen tanzen, die Kiffer kiffen, die Quatscher quatschen und Noah macht ein bisschen von allem. Ab einem gewissen Punkt sind die Bilder komplett vergessen.

Er bekommt den Schlüssel für die Tischlerei und verbringt die nächsten zwei frostklirrenden Wochen dort, ohne Unterbrechung. Außer Haldo und den Kerlen der Dreadlockgemeinde (sie kommen, um sich zu wärmen, immerhin ist es drinnen zwei Grad wärmer als draußen) hat er kaum Besuch. Die Kerle leben in den Bussen und sie werden immer mehr. Immer neue Typen aus der ganzen Republik tauchen auf. Von überall Gestrandete.

Haldo beschallt den Hof mit schweren KING-KRIMSON-Klängen und erzählt von unangenehmen Erlebnissen in der Küche. Die seltsamen Typen haben ihr wahres Gesicht gezeigt, und was irgendwann kommen musste, war schneller gekommen, als gedacht. Der schweigsame Typ aus dem Pik As hatte sich in irgendeinem Keller eingenistet und war in der Kälte beinahe erfroren. Als er dann rausgebeten wurde, kehrte er am nächsten Tag mit einer Axt und völlig verwirrt zurück. Das war sein Ende im Viertel.

Die Glatze hatte angefangen, Leute zu belästigen, und irgendwann zückte er auch ein Metzgermesser. Das war ebenfalls sein Ende im Viertel. Striktes Viertelverbot für alle beide. Mit zunehmender Kälte drehen die Kerle völlig durch. Für Haldo ist die Sache klar:

„Wir brauchen organisierte Gruppen, die für Ruhe im Viertel sorgen und nachts Wache halten."

Keine schlechte Idee bei den vielen Wahnsinnigen, die ins Viertel kommen und ihr Unwesen treiben. Dennoch klingt der Vorschlag nach Miliz, wie in Bürgerkriegszeiten.

„Der Winter ist auf unserer Seite", Noah friert und trinkt den improvisierten Glühwein.

Seine zwei Wochen in der Kälte vergehen schnell. Keine Presse und keine Käufer, die Ausstellung ist schnell wieder vergessen. Zum Glück muss er die Bilder nicht wieder nach Hause transportieren.

6.
FROSTIGER START

Schon wieder ein wichtiges Treffen verpasst: Die Raumverteilung hat stattgefunden und jeder, der anwesend war, hat einen Raum bekommen. Aber Noahs guter Engel hat dafür gesorgt, dass noch ein weiteres Treffen ansteht, und es gibt noch Räume zu vergeben.

„Da ist noch eine Wohnung im Kupferdiebehaus", sagt Dan, den Noah bereits vor Längerem kennengelernt hatte.

„Die nehme ich."

Blicke werden auf ihn gerichtet.

„Du bist von der Vokü, stimmt's? Willst du alleine drin wohnen? Die Wohnung ist groß."

„Nein, Haldo und Chaos ziehen mit ein."

Es kommt ihm so vor, als wären die Anwesenden darüber nicht so erfreut, aber vielleicht nur, weil es an dem Tag so kalt ist und die Laune eines jeden ganz tief im Keller. Zum Glück ist Dan sehr bemüht, die Sache zu Ende zu bringen.

„Also Noah, Haldo, Chaos", schreibt er auf, „erste Etage rechts, die Wohnung könnt ihr haben, Schlüssel bekommt ihr von mir und dann kopiert ihr ihn, alle haben den gleichen Schlüssel."

Ein Euro pro Quadratmeter. Die Bude hat insgesamt 80 Quadratmeter.

Noah eilt zur Küche und verkündet die frohe Botschaft. Er ist so aufgeregt, dass Haldo erst einmal nichts versteht von dem, was er sagt.

„Atelier, Mann, wir haben endlich ein Atelier!"

Das muss man sich auf der Zunge zergehen lassen, ein Atelier mitten in der City von Hamburg, im Gängeviertel, ein Atelier am coolsten Ort der Stadt! Und das fast umsonst.

Auch Haldo freut sich:

„Wir machen eine Punkbude."

Punk hin oder her, der Plan ist, bis zur Erschöpfung zu malen, Partys zu feiern, zu kochen, wieder zu feiern. Endlich ein Künstlerleben wie aus dem Bilderbuch leben.

Schnell wird Chaos benachrichtigt und die Wohnung besichtigt. Wahrlich eine Bruchbude, aber immerhin ein Altbau, hohe Decken, sehr viel Charme. Man sieht noch überall an den Wänden Graffitis aus den ersten Tagen, als die Flächen spontan bemalt wurden. Sprüche ohne Ende, Streetart in Hülle und Fülle. Dann die ernüchternde Realität:

Kein Wasser! Keine Toiletten! Kein Strom! Und vor allem keine Heizung!

Die Künstlerkollegen aus dem 19. Jahrhundert lassen schadenfroh kichernd grüßen. So haben sie gelebt und gewerkelt und Meisterwerke geschaffen. Jetzt geht es ans Eingemachte. Frieren, hungern und bei Kerzenschein Bilder malen.

Das neue Atelier wird mit Wodka getauft.

Aber Haldo und Chaos sind nicht wirklich begeistert. Nicht nur wegen der primitiven Umstände wie in der Taiga, es ist noch etwas anderes im Busch. Noah fühlt das, fragt sie aber nicht direkt ins Gesicht. Er hat gehandelt, ohne sie vorher gefragt zu haben. Nun melden sich plötzlich ihre Egos zu Wort.

„Ich dachte, ihr wolltet ein Atelier?"

„Alles gut", sagt Haldo. Chaos möchte wissen, wer welchen Raum bekommt. Es gibt einen großen Raum, drei mittelgroße und ein Kabuff. Da Noah die größten Bilder im ganzen Gängeviertel malt, bekommt er das große Zimmer. Er will malen, bis ihn der Arzt persönlich ins Krankenhaus transportieren muss. Chaos reicht ein mittelgroßer Raum, da er in der letzten Zeit mehr mit Fotografie und Musik unterwegs ist, er wird seine technische Ausrüstung hier unterbringen und ein Studio betreiben. Haldo schnitzt gern, er würde gerne Holzfiguren schaffen, und wenn er mal bis in die späte Nacht im Viertel bleibt (was der Normalfall ist), würde er hier gerne ab und zu mal pennen. Und was noch übrig bleibt, ist die gemeinsame Fläche zum Feiern.

Das Geschäft ist perfekt. Die Bude ist aufgeteilt. Mitten in der City und im deutschlandweit angesagtesten Viertel, von dem Arte und ZDF begeistert berichten und wohin es die junge Leute in Scharen zieht. Beinah so etwas wie ein Pilgerort.

Schnell wird Inventar angeschafft. Alte, charmante Möbel, und in wenigen Tagen ist das Atelier eingerichtet. Auch die Bilder von der Ausstellung landen im neuen Atelier, ebenso wie das gemeinsame Bild, das versteigert werden sollte, es findet seinen Platz im Flur. Langsam bekommt die heruntergekommene Höhle ein farbenfrohes Gesicht. Aber das Wichtigste, bevor hier irgendetwas stattfindet, ist das

Ausräuchern der Räume. Wer weiß, wie viele Menschen hier ihr Unwesen getrieben haben, wie viele Geister oder nicht willkommene Energien hier noch feststecken. Sie könnten Stimmungen beeinflussen und beim Malen stören.

Weihrauch wird angezündet und die ganze Wohnung wird Raum für Raum und Ecke für Ecke ausgeräuchert, bis alles in dicken Rauch eingehüllt ist. Mystischer Duft steigt auf und verflüchtigt sich wieder durch die geöffneten Fenster. Das bringt Unruhe ins Viertel. An der Tür wird heftig geklopft. Was ist bei euch los? Wo brennt es?

Es sind Leute aus dem Viertel, die beinahe die Feuerwehr gerufen hätten.

„Ein Ritual, wir räuchern gerade."

„Wir sind doch nicht in der Kirche, Mann!"

„Ist bald vorbei, keine Angst", antwortet Noah und kann die Aufregung nicht verstehen, schließlich riecht es sehr angenehm.

„Nicht für alle", weiß Chaos und bereitet die Shisha vor.

Nun riecht es nach Aprikosenrauch. Chaos hat eine besondere Sorte Räucherwerk mitgebracht. Wahrlich ein Duftparadies heute. Alle bösen Geister sind weg und die Künstler im Atelier genießen es, entspannen sich, hören die Musik von CAN und sind zum ersten Mal seit Langem richtig stolz. Auf sich und auf alle anderen im Viertel.

Ein Hauch des anfänglichen Spirits ist endlich wieder da.

*

Eine Vollversammlung in der Jupi. Es ist besonders voll, manche liegen auf dem Boden, manche stehen auf den Stühlen. Die Gesichter besagen nur eines: Es ist WICHTIG!

Es wurde ausgerechnet, was die Sanierung kosten würde. Der Zustand der Häuser ist katastrophal, und wenn in absehbarer Zeit nichts passiert, bricht alles in sich zusammen. Satte 20 Millionen sind notwendig.

Eingemummelte frierende Menschen diskutieren über den Zustand während und nach der Übernahme der Macht im Viertel. Geheime Infos sickern durch, dass einige junge, dynamische Geschäftsleute Interesse signalisieren, die Kosten zu übernehmen, sie würden aber diktieren, wo es langgeht. Variante „Rote Flora" aus der Schanze.

Die Antwort heißt eindeutig NEIN!
Das Wort der Stunde ist Selbstverwaltung, und dabei soll es auch bleiben. Natürlich wird stundenlang über den richtigen Weg diskutiert, und dabei tatsächlich nur ein einziges Mal am Thema vorbei, als es jemandem auffällt, dass einer klammheimlich die ganze Diskussion mit seinem Handy aufzeichnet. Der Übeltäter ist Ludovico, der Pfannkuchenmann, er hat niemanden um Erlaubnis gefragt und die Gemeinde ist empört.

„Du darfst hier nichts aufnehmen!"

„Ist nur für mich, damit ich mir zu Hause alles in Ruhe anhören kann, es geht mir hier zu schnell", lautet seine Begründung. Das nutzt ihm aber nichts, er muss alles löschen, unverzüglich, sofort, ohne Widerrede!

Er tut es zähneknirschend.

Paranoia im Viertel. Wenn jemand glaubt, die Behörden würden nicht mitkriegen, was hinter den Kulissen abgeht, der irrt sich gewaltig. Auch die Wände haben Ohren. Vor wem kannst du heute noch etwas verheimlichen? Aber Ludovico hatte es besonders dumm angestellt, dachte wahrscheinlich, seine leckeren Bio-Pfannkuchen würden ihn retten. Das taten sie aber nicht. Die Pfannkuchen sind vergessen, seine naive Handlung hingegen bleibt ewig in Erinnerung und Ludovico wird noch lange Zeit schräg von der Seite angeguckt – ah, der Typ, der die VV aufzeichnen wollte…

Jetzt hat Noah nur noch ein Bild im Kopf: Ludovico hängt am Kreuz und die Vollversammlung geht wie gewöhnlich weiter. „Wasser, Wasser", murmelt der Gequälte, aber statt Wasser bekommt er alte, vergammelte Pfannkuchen gereicht …

Die endlosen Debatten um den heißen Brei herum rauben Noah den letzten Nerv. Außerdem wurde für die Versammlungen ein Rauchverbot verhängt (der neuliberale Gesundheitswahn war längst auch in der linken Szene angekommen) und jetzt hat Noah keine Lust mehr, er meldet sich ja sowieso nicht zu Wort und so viel Sitzfleisch hat er auch nicht, zu schlank, keine Reserven. Viel lieber geht er ins frostige Atelier und friert lieber dort, wo bereits Eisbären und Pinguine einquartiert sind. Arktis pur. Die Fenster sehen aus wie im Film „Doktor Schiwago", als der gute Doktor in den Ural reist und sein altes Anwesen völlig vereist vorfindet. In der Küche hängt von der Decke ein gro-

ßer Eiszapfen, denn es hatte einen Rohrbruch gegeben und das herabfließende Wasser war zu Eis
geworden. Der Boden ist mit einer dicken Eis-
schicht bedeckt, sodass man einen Eisschnelllauf
hätte veranstalten können.

Die Bären haben sich irgendwo versteckt, vielleicht unter dem Eis, oder sie sind ganz verschwunden. Die Pinguine könnten sich in einem
Kabuff eingeschlossen haben. Mit einem Menschen
haben sie jetzt garantiert nicht gerechnet.

Wo soll er jetzt anfangen?

Vielleicht erst mal ein Bild malen, dann kommt
alles von alleine in Ordnung.

Nein, erst mal wird renoviert. Löcher verputzen,
Wände weißen, Tisch, Stühle und Licht hinein, und
das Allerwichtigste – Wärme.

Auch Eisbären und Pinguine haben nichts dagegen, wenn es hier etwas wärmer wird, schließlich
gibt es noch mehrere tausend Quadratmeter unge-
heizter Fläche. Aber sie bleiben erst mal versteckt
und gucken misstrauisch zu, was der Künstler aus
der Eishölle zu machen gedenkt.

7.
BYE HANZEVAST, HELLO VIERTEL

„Hey, komm in die Jupi, wir haben gewonnen!", verkünden zwei junge Frauen und rennen weg. Das Viertel ist euphorisiert und unruhig. Was hat man gewonnen? Etwa den Lotto-Jackpot und die nötigen 20 Millionen, um das Viertel zu sanieren? Was ist über Nacht passiert? Was sagt die Dreadlockgemeinde?

„Die Stadt hat bezahlt."

„Was hat sie bezahlt?"

„An Hanzevast. Er hat das Doppelte bekommen von dem, was er ursprünglich bezahlt hatte. Das war seine Forderung. Der Scheißtyp ist also raus."

Die Stadt hat also das Gängeviertel zurückgekauft!

Fabrik, Druckerei, alles wieder vereint. Die ersehnte Einheit ist wieder da. Die fiesen Wachleute mit ihren Hunden haben bereits ihre Posten geräumt. Das Ergebnis einer langen Verhandlung. Die Menschen jubeln, und die Presse ist wieder da, Interviews ohne Ende. Auch Noah gerät in den Blick einer Kamera und lächelt, macht das Victory-Zeichen und begibt sich dann in die Jupi.

Hier ist das ganze Viertel versammelt, es herrscht Feierstimmung.

„Wir haben gewonnen!", steht es in den Gesichtern der Menschen, der Traum geht weiter, jetzt erst recht.

„Bitte lachen und eine Siegerpose einnehmen", animieren die Fotoleute. Für mehrere Presseagenturen werden Fotos geschossen. Jetzt bitte so hinstellen, dann so, dann wieder anders. Die Aktivisten werden wie Stars gefeiert. Das ganze Viertel wie im Rausch, als hätte man eine weltweite Revolution zum Erfolg geführt oder einen autoritären Diktator gestürzt.

So fröhlich waren die Menschen auf ihrer Insel seit dem Beginn der Besetzung vor vier Monaten nicht mehr. Der hauseigene DJ Reno hat sich eine riesige Afrolook-Perücke aufgesetzt und auch die anderen tragen Karneval-Klamotten, dem Winterdunkel wird wieder einmal mit Farbe getrotzt, eine perfekte Show für die Medien wird veranstaltet, und alle wissen ganz genau, wie man das Ganze richtig in Szene setzt.

Am nächsten Tag findet Noah sein Gesicht zusammen mit denen der anderen in gleich drei großen Zeitungen wieder: der „Bild", dem „Abendblatt" und der „TAZ".

„Die Stadt kauft Gängeviertel zurück!"

Auf dem Foto sind unter anderem auch Typen zu sehen, die noch nie etwas mit dem Viertel zu tun hatten und zufällig in der Jupi waren. Ein ahnungsloser Leser sieht das Foto und denkt: Aha, das sind also die Macher, die Helden. Obwohl ein Fünftel der Leute auf dem Bild so viel mit dem Projekt zu tun haben wie Noah mit dem chinesischen Maschinenbau. So können Fotos und Medien täuschen, aber – wen interessiert das jetzt?

Ein paar Tage später findet eine Demo unter dem Motto „Recht auf Stadt" statt, von den Aktivisten des Gängeviertels organisiert. Es sind null Grad draußen und Noah trägt zusammen mit den anderen das runde Schild, Durchmesser etwa zwei Meter, mit dem Slogan, der inzwischen zum Markenzeichen geworden ist: „Komm in die Gänge". Das Ding wird auf Rollen vorwärtsbewegt, zwei setzen es in Bewegung und zwei machen den Weg frei, Richtung Mönkebergstraße. Die Straßen sind voller Menschen, voller Autos. Seltsame Blicke unterwegs, was tragen denn diese komischen Menschen, haben sie nicht alle Tassen im Schrank? Beinah wird eine alte Frau mit dem Schild überfahren (kurzer Blick in die Zukunft, wäre der Dame wirklich etwas passiert: „Gängeviertelaktivisten überrollen Rentnerin - tot!" würde die Bildzeitung titeln und Menschen gegen das Projekt mobilisieren. Noah würde als der Schuldige ermittelt und im Knast landen – er nimmt alles auf sich, um das Projekt zu retten. Monatelange Gerichtsverhandlungen. Urteil: Höchststrafe wegen fahrlässiger Tötung, 5 Jahre. Er wird zum Helden).

In letzter Sekunde kann das Ding doch noch zum Stoppen gebracht werden und sie rollen weiter in Richtung Ziel. Die Mannfrau Eleonora folgt unmittelbar hinter dem Schild und ruft jedem, der irgendwie vermögend aussieht, zu: „Auch ihr müsst umdenken!"

Man reagiert hanseatisch: also gar nicht, den Blick stur nach vorn richten und schweigend glotzen.

Am Rathaus tobt schon der Weihnachtsmarkt. Die Besoffenen belächeln die Aktion, endlich haben sie was zum Gucken.

Die Kundgebung hat sich schon formiert und sie empfängt das rollende Kommando mit heftigem Applaus. Kameras sind auch im Einsatz, als wären ihre Helden von einer langen, gefährlichen Reise zurückgekehrt in die Heimat. Haldo und Chaos sind ebenfalls anwesend, sie waren schlau genug, nicht in die Nähe des rollenden roten Schildes zu kommen.

Ein Wort ist natürlich allgegenwärtig: GENTRI-FIZIERUNG!

Mehrere Organisationen beklagen den Gebäudeleerstand in Hamburg. Während Not an Wohnraum herrscht, wird fleißig an Büros gebaut, die anschließend jahrelang leer stehen. Die Elbphilharmonie verschlingt eine Milliarde und die schwarzgrüne Regierung lässt Grünanlagen in Altona für Industrieprojekte plattmachen. Da ist man froh, einem Projekt zuzugehören, das sich diesem Treiben aktiv entgegengestellt.

Revolutionsstimmung bei den zweitausend Menschen, die gekommen sind. Unter ihnen auffallend wenig junge Leute. Die wenigen, die herumstehen, sind mit ihren iPhones beschäftigt und scheinen keine Lust zu haben, dem Gequassel der Älteren zuzuhören. Oder sie stehen in Gruppen zusammen und unterhalten sich über Handys, zeigen einander ach so tolle Bilder oder Videos auf YouTube.

Die De-Generation.

*

Mit jedem Wintertag entvölkert sich die Küche immer mehr. Auch die jungen Mädchen bleiben weg. Zu kalt für diese zarten Wesen. Das gleiche Bild in den anderen Häusern, nur der harte Kern ist geblieben. Stattdessen haben sich die Mäuse breitgemacht und grüßen großzügig diejenigen, die sich noch zufällig in die Küche verirren.

Haldo ist beschissen drauf, „die Kasse ist weg!"

„Wie, weg?"

„350 Euro, einfach weg!"

Zigarette anzünden und erst mal schweigen.

„Hast du jemanden in Verdacht?", will Noah wissen.

Haldo schweigt. Jeder und keiner ist verdächtig. Es ist nicht das erste Mal, dass die Kasse geklaut wurde. Auch die Kassen anderer Häuser waren schon verschwunden. Auf Vernissagen waren plötzlich Laptops, Mäntel und Brieftaschen weg. Wie es aussieht, ist eine Bande unterwegs, die sich vorgenommen hat, die armen Künstler, die etwas in der Stadt bewegen wollen, zu beklauen.

Das so mühsam erarbeitete Geld für Töpfe, Teller und Geschirr ist futsch. Das ist mehr als bitter.

Aus dem Nichts taucht Sascha auf und nun schweigen und frieren sie zu dritt. Das Schweigen ist eine Form des unbewussten Protests, wenn man die Welt nicht mehr versteht. Es gibt dann nichts mehr zu sagen, nichts mehr zu kommentieren, nichts mehr hinzuzufügen.

„Und diese Mäuse, sie sind überall, manche sterben vor Kälte."

Haldo hat keinen Bock mehr zu kochen. Niemand will mehr kochen. Die lustigen Mädels fehlen, jetzt sind nur noch Männer da und alle verbreiten miserable Stimmung.

„So geht es nicht weiter!", stellt Haldo fest und kratzt an seinem immer üppiger sprießenden Bart. „Wir schließen die Küche erst mal."

Ein schmerzhafter, aber unumgänglicher Entschluss. Die anfängliche Euphorie ist verflogen, sie war da und nun ist sie weg. Und der Spirit, er ist wieder weit, weit weg, vielleicht hat er sich mit den Mäusen zusammen in den Löchern verkrochen.

„Ein Bierchen trinken?"

Der Satz von Sascha kommt genial rüber. Nicht das Bierchen, sondern der Wechsel der Räumlichkeit ist der Punkt. Also auf zur Jupibar und sich besaufen. Da ist es wenigstens warm, aber die Stimmung nicht viel besser. Ein Ofen wurde aufgestellt. Das knisternde Feuer vermag die Stimmung jedoch nur ein klein wenig zu verbessern.

Ein alter, dicklicher Mann fällt auf, der in Arbeitsklamotten dasitzt und einen Joint nach dem anderen dreht. Er wird von allen mit Respekt behandelt, sagt kein Wort und denkt nach. Ob Haldo weiß, wer er ist?

„Das ist Gerhard."

„Hat er auch eine Geschichte?"

„Ein Seemann. Verlor vor Kurzem die Arbeit, die Familie und dann seine Wohnung. Er darf hier bleiben, hilft überall mit, er ist okay."

Haldo erzählt außerdem, dass er sich verliebt hat. Sie heißt Thea und war in den fröhlichen Tagen mit von der Partie in der Küche. Jetzt ist sie weg und kommt nicht mehr ins Viertel.

„Sie hat immer so schön gesungen und die Küche aufgeräumt."

Wegen Thea war Haldo aus der Küche also nicht wegzujagen gewesen. Wenn sie da war, war auch er immer da, und wenn sie nicht da war, hatte er stets gehofft, dass sie jeden Moment vorbeikommen würde.

Ob er sie angerufen habe?

„Sie geht nicht ran."

Sie hätten sich sogar außerhalb des Viertel getroffen:

„Sie will nur Freundschaft."

„Weiber!", sagt Sascha.

„Weiber!", sagt auch Noah.

Haldo sagt nichts mehr. Niemand weiß, was wirklich in seinem Kopf vorgeht. Vielleicht sind da drin die beiden zusammen im Urlaub und Haldo erklärt ihr, was sie ihm bedeutet, oder vielleicht wagt er noch Schärferes in der Phantasie, das ist aber seine Sache. Oder er wartet auf einen unerwarteten Anruf von ihr, sie möchte ihn zum Essen bei sich zu Hause einladen, Gänsekeule mit Rotkohl. Und alles Weitere zum Nachtisch …

„Ich habe kein Geld für Bier, ihr vielleicht?", fragt Sascha, nachdem er seine Centstücke mühevoll zusammengezählt hat.

Seine zwei Begleiter haben auch nichts. Aber Haldo hat wie immer billigen Weißwein dabei

(Wurst darf natürlich auch nicht fehlen), in seinem Rucksack, mit dem er unzertrennlich verbunden ist, und die Idee ist, den Wein im Atelier zu trinken. Da ist es aber eisig kalt und die Pinguine feiern ihre eigene Party. Haldo schafft einen Gasheizer herbei. Das ist zwar verboten, aber wen interessiert's, Hauptsache Wärme. Einer von der Dreadlockgemeinde kommt auch mit. Mit ihm selbstverständlich auch Gras und verschiedene uninteressante Gerüchte.

Es wird zum ersten Mal warm im Atelier. Nach und nach kommen auch andere, bekannte oder unbekannte Gestalten und die Party ist in vollem Gange.

Nachdem die Stadt das Viertel zurückgekauft hat, fühlen sich die Bewohner nun mehr als heimisch. Es müsste schon das Gegenteil von einem Wunder passieren, dass sie das Gängeviertel freiwillig verlassen. Niemals und nimmermehr wird das geschehen!

Darauf wird getrunken, auf das neue Zuhause.

Auf eine produktive Zusammenarbeit.

Auf die nächsten 99 Jahre.

Am nächsten Tag sieht der Raum wie ein Schlachtfeld aus. Haldo hat im Atelier geschlafen und glaubt in der Nacht einen Teufel gesehen zu haben.

„Hast du auch mit ihm geredet?", fragt ihn Noah, der nach Hause gegangen war.

„Nein. Ich habe ihn in einem Bild von dir, dem roten da, gesehen. Da ist der Teufel drin!"

„Es lag garantiert an dem Gras und dem Alkohol. Ich male keine Teufel in meinen Bildern."

„Es ist eindeutig der Teufel im Bild!"

Ekelhafter kalter Rauch im Übermaß. Ein Grund, mit dem Qualmen endlich aufzuhören.

„Hast du eine Kippe?", fragt Haldo, der immer noch auf dem Sofa liegt.

„Und, hat der Teufel dir was gesagt?"

„Nein. Er ist einfach nur da."

Noah sieht sich das Bild mit dem angeblichen Teufel genauer an, kann aber keinen erkennen. Das Bild ist sehr rot, es glüht regelrecht.

„Da! Ich sehe ihn wieder", schreit Haldo plötzlich.

„Ich hab das Bild gemalt, ich müsste ihn schließlich als Erster sehen", Noah guckt sich Haldo etwas genauer an, „du hast gar keine Farbe mehr im Gesicht."

„Ja, es war sehr kalt heute Nacht", Haldo zittert.

Schnell wird Tee gekocht und der Teufelsseher ist wieder auf den Beinen. Was soll der bloß ohne seine heißgeliebte Butze machen? Dann noch diese Thea, seine Flamme, die von ihm nicht mehr wissen will? Nicht zu beneiden, der Kerl.

„Haldo, wenn Frauen was von Freundschaft reden, ist da nichts mehr drin, also vergiss sie."

Das ist natürlich leicht dahergesagt, besonders wenn man selber nicht betroffen ist.

Haldo will alleine sein. Noah geht schnell nach Hause und wärmt sich ein wenig durch. Er bleibt einige Tage zu Hause vor dem Fernseher und ist in drei Tagen wieder fit vor Ort. Es gibt diesmal die erste Versammlung ihres Hauses.

20 Leute sind es insgesamt, die Glücklichen, die das Haus mit dem komischen Namen „Kupferdiebehaus" bekünstlern. Weil hier vor einiger Zeit eine Menge Kupferrohre geklaut wurden, daher der Name. Kupfer ist das neue Gold, heißt nun der Slogan, und die Künstler sind eben die Kupferdiebe.

Auch für die Kupferdiebe gibt es einen Paten und sogar eine Galerie im Erdgeschoss, den „Kunstkiosk", direkt unter Noahs Atelier. „Da werden wir oft unsere gemeinsamen Ausstellungen machen und auch andere begabte Künstler ausstellen."

Es ist eine Streetart-Gemeinde mit Graffiti, Dope und Hip Hop. Ständig banale Witze und sich jedes Mal vor Lachen ausschütteln, und ein Joint jagt den nächsten. So sind nun mal die modernen Künstler, über alles reden, nur nicht über die Kunst selbst. Kiffen und dabei wichtige, alles andere als profane Entscheidungen treffen, wie über Strom, Wasser, Miet-Angelegenheiten... Doch kein müdes Wort über die Kunst verlieren.

Alles in allem aber recht sympathische Leute, ein reines Künstlerhaus. Man hat viel vor, jeden Monat ein Haustreffen, Ausstellungen organisieren, Galerieschichten schieben und viel, viel zusammen erleben, und vor allem: Kunst machen!

Gefühlswallungen wie bei einem Musiker, der sein eigenes Label hat und nicht mehr von den mächtigen Plattenindustriehaien abhängig ist. Eine eigene Galerie!

„Was wir produzieren, werden wir gleich hier unten ausstellen und die Galeristen, diese Wirtschaftsgaleristen können uns mal mächtig an einer Stelle!"

Trotz der Freude ein gemischtes Gefühl bei Noah. Er war nie ein Gruppenmensch und eigentlich hasst er Gruppenverpflichtungen. Künstler sind schließlich Individualisten. Nicht umsonst war er in seiner Jugend Torwart und kein Feldspieler (bezeichnet es aber trotzdem als größten Fehler seines Lebens). Im Gängeviertel werden die Aufgaben immer umfangreicher, immer verantwortungsvoller, immer zeitintensiver. Was ist aber mit der KUNST selbst?

8.
ZEITREISE

Es ist endlich offiziell Winter. Im Viertel ist es menschenleer und kalt, der Schnee matschig und schmutzig. Die beste Zeit für einen Streifzug durchs Viertel und mit etwas Phantasie die Bilder der längst vergangenen Tage wachrufen. Vielleicht aus der Zeit um 1866, kurz vor Ausbruch der großen Cholera-Epidemie in Hamburg…

Dreck und enge Gassen, es stinkt zum Himmel, aber die Nase gewöhnt sich daran mit der Zeit. Gänge, Gänge, Gänge überall, enge Gänge und unproportionierte Balkone wie in Neapel. Sind wir überhaupt in Hamburg? Unfassbar! Sehr viel Rauch, die Schornsteine qualmen unablässig, was wie Nebel aussieht, ist nur der Rauch. Nicht nur das Gängeviertel, die ganze Stadt ist komplett in Schornsteinrauch eingehüllt.

„Zitronen, Zitronen", hört man ab und an die Stimme von Zitronenjette, die ebenfalls im Gängeviertel haust und ihre vertrockneten Zitrusfrüchte zu verkaufen versucht. Die können sich die Menschen aus dem Viertel eher nicht leisten.

Kleine verwaiste Kinder, in zerschlissene Mäntelchen gehüllt, wühlen im Müll nach etwas Essbarem. Niemand will sie haben. Der strenge Gendarm mit opulentem Schnauzbart (wie Nietzsche etwa) jagt sie von Gang zu Gang. Sie verstecken sich und treiben ihr Spiel mit dem Ordnungshüter, der offensichtlich kein Herz hat. Aber da ist die alte Dorothea, das Herz und die Seele des Armenviertels.

„Mensch, lass sie doch in Ruh!", schreit die mutige Frau den Gendarmen an, „das sind meine Gören."

Sie gibt den hungrigen Kindern etwas Brot und Wurst.

Der Wachtmeister hat nun eine junge Frau im Visier, die in freizügiger Kleidung an einer Hauswand herumsteht.

„Wie oft hab ich dir gesagt, nicht so offen!"

Meint er, sie solle durch ihr offensives Verhalten nicht so unumwunden ihr Fleisch verkaufen? Ja, Ilse arbeitet als Hure, und nur auf diese Weise kann sie die Miete und ihr Essen bezahlen. Da überlegt sich der Gendarm, er selbst könnte es ja mit ihr treiben, bräuchte schließlich nichts zu bezahlen dafür. Ilse macht vor lauter Angst mit.

In einem Kabuff der heutigen Schier's Passage, aus dem vielleicht eine Bar namens „Kaschemme" hervorgehen wird. Mitten im Dreck und Gestank besorgt er es ihr von hinten, nur ein paar Minuten, und dann ist die Welt für die beiden wieder in Ordnung, „na gut, du kannst heute hier stehen bleiben, aber nicht so auffällig, schließlich laufen hier Kinder rum." Mit einem Mal ist die Schnauze um das moralische Wohl der Kleinen im Viertel besorgt. Wenn er nur wüsste, dass Ilse schon zwei ungewollte Kinder erst geboren und dann in die Elbe geschmissen hat … Und sie scheint schon wieder schwanger zu sein, noch sieht man ihr es aber nicht an.

Es schneit und es riecht überall nach Kohl. Die Menschen ernähren sich ausschließlich von Kohl. Jeden Tag Kohl. Ihr Leben lang. Der Gendarm blickt sich suchend um, aber eher unbewusst, denn er weiß nicht, dass ein Bursche namens Heinz heute noch vorhat, verbotene Flugblätter zu verteilen, ein Aufruf zur Revolution. Nach den gescheiterten Versuchen in den Jahren 1848 und 49 muss wieder was geschehen. Dann wird aber die Schnauze bereits Feierabend gemacht haben, und im Dunkeln trauen sich selbst gut bewaffnete Gendarmen nicht, im Gängeviertel Streife zu gehen. Ein Ghetto der schlimmsten Sorte. Nachts herrscht eine gespenstische Ruhe und außer seltsamen, gefährlichen Kreaturen begegnet man hier kaum jemand anderem. Oft werden Leichen gefunden, ermordet oder erfroren. Vergewaltigungen sind an der Tagesordnung. Es soll hier mehrere Jack the Ripper geben, die nicht nur die Nutten morden. Neulich fand man eine 18-Jährige ohne Herz, es war einfach rausgerissen.

Ratten begegnet man auf Schritt und Tritt. Sie scheinen fast vollwertige Mitglieder dieses Viertels zu sein, laufen einem ständig über den Weg und sind sehr frech. Sie haben keine Angst mehr vor den Menschen. Nicht mal vor einer Beerdigung haben sie Respekt, die gerade stattfindet. Eine Familie trägt einen Sarg zu Grabe, wahrscheinlich hat sie ihren Versorger verloren, denn die Familie besteht nur aus schluchzenden Frauen. Sie können das Gewicht nicht mehr tragen und nun schieben sie den Sarg auf dem vereisten Boden vorwärts.

Einige Passanten gehen an ihnen vorbei, als wäre nichts geschehen, die Szene ist nicht mal ein Beileid oder einen Blick wert. Das Sterben im Gängeviertel ist Alltag. Sterben hat keine Bedeutung hier, es ist so selbstverständlich wie heute ein Umzug von einem Ort zum anderen.

Die Spannung vor einem neuen Krieg ist allgegenwärtig. Es könnte jederzeit wieder einer ausbrechen. Die Menschen in diesem Viertel erwarten nichts Gutes vom Leben, hier geboren sein heißt, auf ewig verdammt zu sein.

Das weiß auch der junge Maler Bernhard. Kunst hat hier natürlich auch keinen Platz, aber der Junge will nichts anderes als malen. Neue Impulse kommen aus Paris, man spricht vom Impressionismus, das dahinwelkende Alte geht, das erfrischende Neue kommt. Bernhard will nach Paris. Weg hier und nie, nie, nie wieder das Gängeviertel sehen.

„Verdammt seit ihr alle!"

Er ist schon dabei, seine Habseligkeiten zusammenzupacken, nur eine Palette, Farben, Pinsel und zwei, drei Kleidungsstücke. Keinen Taler in der Tasche. Wohin nun? Egal wohin, Hauptsache hier raus! Nicht mal eine einzige gute Erinnerung ans Viertel. Wenn der junge Maler nur in die Zukunft sehen könnte…

Etwa 100 Jahre später wird dieses verfluchte Viertel, genauer gesagt ein kleiner Teil davon (den Großteil hat man ja längst dem Erdboden gleichgemacht), ein Synonym für die junge, rebellische, urbane Kunst. Wärst du nur 100 Jahre später geboren… Unerfreulicherweise kann sich niemand sein

Geburtsjahr aussuchen. Was für ein Pech für uns Menschengeschöpfe!

„Jetzt sind wir wieder da, Bernhard!", schreit Noah gen Himmel, vielleicht hört ja der längst verstorbene Maler seinen Schrei. Oder vielleicht hat er sich reinkarniert und Noah ist als Bernhard auf die Erde zurückgekehrt? Vielleicht ist das der Grund dafür, dass er eine unerklärliche Nähe zu diesen verwaisten Gebäuden spürt, womöglich hat er hier irgendwann schon einmal gelebt.

Wer weint denn da so laut? Es ist weibliches Schluchzen, das einem das Herz zerreißt. Das ist Martha, sie hat vor drei Tagen eine erschütternde Nachricht erhalten: Ihr Verlobter ist irgendwo im Krieg fürs Vaterland gestorben (oder war das bei einem Einsatz gegen Aufständische?). Hans war ihre große Liebe und sie will nun nicht mehr leben, das geht einfach nicht mehr, auch wenn sie erst 19 ist, wie soll das gehen, wenn sie nur noch sein Gesicht und die Nächte mit ihm, diese wohligen Nächte, im Kopf hat? Hans ist weg, weg für immer, er kommt nie mehr zurück, niemals mehr wird sie in seinen muskulösen Armen einschlafen, er wurde brutal ermordet, der arme Tropf. Nicht mal ein Grab gibt es, an dem sie trauern kann. Sie isst nichts mehr, sie trinkt nichts mehr, sie will mit ihrem Liebsten so bald wie möglich wieder vereint sein, in welcher Welt auch immer.

Martha wird verschwinden, niemand wird wissen, ob ihr Leben endete oder sie als Landstreicherin irgendwo im Land umherirrte. Eine von vielen Geschichten einsam zurückgebliebener junger Frauen.

Das Vaterland nahm ihnen das Beste, was sie besaßen: ihren Liebsten.

Liebe ist in den harten Zeiten vor allem ein Geschäft, und die Eltern entscheiden in Heiratsfragen. Auch wenn das 19. Jahrhundert als sehr romantisch gilt, hat das einfache Volk mit Romantik nichts am Hut. Das Leben ist hart und ungerecht. Es geht ums Überleben, koste es, was es wolle. Hier im Gängeviertel vielleicht noch mehr als woanders.

Bevor wir die Reise in die Vergangenheit beenden, werfen wir noch einen Blick auf jemand anderen: auf Gregor, einen 14-jährigen Jungen, der oft nur da steht und schweigt.

„Gregor, Gregor", ist immerzu die Stimme seiner Mutter zu hören. Er hört sie aber nicht, erzählt auch niemandem von seinen Gedanken, Träumen und Reisen. Heutzutage wäre Gregor ein Fall für den Kinderpsychiater, aber 1866... na ja. Gregor ist ein Träumer, seine Phantasie ist grenzenlos. Er kann in die fantastischsten Welten reisen, wie es nur Jules Verne zur selben Zeit gewagt hat. Auch im Kopf des kleinen Jungen schweben technische Ungetüme herum, wie bei Jules Verne, aber sie flößen Gregor große Furcht ein. Ganz besonders die Zukunft interessiert den schweigsamen Jungen. Gregor hat für sich einen Platz der Sicherheit (die heutige Speckstraße) gefunden, und steht tagelang nur da. Von Gleichaltrigen oft belächelt, von der Familie beinah aufgegeben. Bei seinen Versuchen, sich die Zukunft vorzustellen, fühlt er sich vom Jahr 2010 besonders angezogen, fast zwanghaft. Vielleicht weil er diese Zahlenreihe auf einer Kutsche sah. Zwei, null, eins, null. Sie hat für ihn etwas Magisches. Seitdem trägt er die 2010 mit sich und phantasiert Tag für Tag, wie wohl die Umgebung in 150 Jahren aussehen wird. Keine leichte Aufgabe für einen 14-Jährigen aus dem Gängeviertel, der außerdem noch autistische Züge aufweist.

Jetzt wagen wir etwas, was jenseits unserer nüchternen Realität liegt. Irgendwo, in einer uns fremden Parallelwelt begegnen sich Noah und Gregor. Eine Begegnung jenseits von Zeit und Raum. Vernunft, Logik und alle Instrumente aus der Abteilung Ratio bleiben außen vor. Im Bruchteil einer Sekunde bekommt Gregor, ohne dass er jemals wissen wird, wer Noah ist und was für Motive er hat, im Gängeviertel zu sein, die Gelegenheit, ins Jahr 2010 zu sehen. Ins Gängeviertel von heute. Die Begegnung findet statt, Noah und Gregor reichen einander die Hände. Seitdem ist Gregor auf gewisse Weise geheilt. Er hat ins Jahr 2010 gesehen und der Junge ist intelligent genug, niemandem von dieser seltsamen Welt zu erzählen. Von diesem denkwürdigen Tag an ward der halbwüchsige, magere Knabe in der Speckstraße nicht mehr gesehen. Der Spuck war vorbei und die Familie freute sich, sie hatte ihren kleinen Gregor wieder zurück, gesund und munter.

Der Schreck muss dermaßen groß gewesen sein, dass Gregor auf einen Schlag aufhörte, von der Zukunft zu träumen. Wir werden nie erfahren, was ihn so erschreckte, ob das die Autos waren, die durch die Straßen rasten, die Smartphones, die Flugzeuge am Himmel oder die merkwürdige Bekleidung der Menschen oder ihre seltsamen, „coolen" Ausdrücke, die Gregor zuvor nie im Leben gehört hatte. Überall Computer, iPads und iPods, Glaspaläste und dieser unerträgliche Lärm ... Oder hatte er sich zufällig in einen Klub unter der Erde verirrt, wo die jungen Leute unter hämmernden Ultra-Elektrobeats den Arschtanzkult zelebrierten?

In dieser Nacht träumte der Junge, wie er mit seinen künftigen Kameraden das Gängeviertel besetzte und eine Republik der freien Menschen ausrief.

9.
IM ZEICHEN DER FARBE

Wird langsam Zeit, ein erstes Bild im neuen Atelier zu malen. Das Motto –VERGESSEN! Alles vergessen, was man in der letzten Zeit durchlebt, verinnerlicht und geträumt hat, den Kopf frei machen und endlich anfangen zu malen.

Noah zögert noch, zu lange keinen Pinsel in der Hand gehabt, zu lange nicht über die Kompositionen nachgedacht, zu lange gängegeviertelt. Demos, Gruppen und stundenlange Diskussionen vertragen sich nicht mit der Kunst. Sie stirbt dabei und es ist nicht immer einfach, das eingeschlafene Monster KUNST zu wecken, sie ist oft launisch und unberechenbar.

Schnell wird ein kleiner Recorder angeschafft, er ist nicht laut und der Sound ist miserabel, aber es geht um das Feeling.

„Give me shelter" von den STONES.

Kaum ein anderer Song vermittelt das Gefühl der unendlichen Freiheit besser als dieser. Scheiß auf die Welt, auf die Gesetze, auf die Spießer. Es ist die Zeit des Rock 'n 'Roll! Die Zeit der Veränderung. Die Zeit des Sich-Verausgabens, des unbändigen Schaffens und der Partys. Du gehst mit erhobenem Haupt an Behörden und an unbezwingbar geglaubten Galerien vorbei und zeigst den Stinkefinger. Frei von allen Zwängen, die Welt ist auf deiner Seite. Zeig ihr nun, was du kannst!

Die Hände zittern vor Kälte. Zum Glück hat einer aus dem Haus dafür gesorgt, dass endlich Strom da ist. Auf diese Weise hat Noah jetzt wenigstens einen Strahler. Er zündet mindestens 20 Kerzen an, sie bringen etwas Wärme, und er schaut auf eine riesige weiße Leinwand, die auf dem Boden liegt wie immer. Noah malt stets auf dem Boden. Zunächst guckt ihn die Leinwand böse an, aber nach und nach wird sie netter und zugänglicher. Eine heilige Stimmung entsteht, wie bei der Ruhe vor dem Sturm. Kurz in sich gehen, sich auf den Kampf vorbereiten und dann losschlagen, die Leinwand vergewaltigen. Ohne irgendwelche gedankliche Vorbereitung. Das Bild muss bunt werden, Tiefe besitzen und dich als Betrachter hineinziehen. Die Ölfarben verdünnen, dann die verdünnte, flüssige Farbe einfach aufspritzen, die Leinwand hin und her drehen. So entstehen natürliche Spuren, wie die, die der Regen in der Natur hinterlässt. Mit keinem Pinsel lässt sich dieser Effekt kreieren, es fehlt die Natürlichkeit, alles sieht gewollt aus, es fehlt die Hand des unsichtbaren Künstlergottes.

Es läuft. Sogar die Kälte ist überwunden.

Bald meldet sich aber unausweichlich die Verzweiflung und die innere Stimme:

„Das ist nicht zeitgemäß!"

Die Coolness fehlt. Die Sprüche in Streetart-Manier und vor allem das Wort FUCK. Scheiß drauf, er malt weiter und steigert sich immer mehr hinein. Glückshormone werden ausgeschüttet, tonnenweise Dopamin. Jetzt, in solchen Augenblicken wünscht er sich diese Behördengaleristen herbei, um ihnen die Farbe nur so ins Gesicht zu schütten, so, wie er es gerade auf der Leinwand tut.

„Nein, das ist nicht zeitgemäß, meine Herren. Das ist zeitlos!"

Diese Art des Malens gleicht einer Improvisation im besten Jazzstil der alten Schule. Jamsession. Den Moment wirken lassen, dann verändern, kämpfen, nicht aufgeben, und dann sein lassen, sich hinsetzen und beobachten, lange beobachten, das, was entstanden ist, auf sich wirken lassen, bei einem guten Wein…

WENN DIE FARBEN SPRECHEN

Auf der Leinwand hat sich bereits ein Eigenleben entwickelt. Eine Farbe dominiert: Rot. Rot schreit immer, wie ein „yeah, yeah, yeah"-Schrei aus den wilden Rock 'n 'Roll-Zeiten, mit Whisky- und Zigarrenstimme. Sie will stets alle überstrahlen. Alle anderen Farben in die Knie zwingen und in Schach halten. Fast wie im Größenwahn.

„Ich mache euch alle fertig!"

Verkündet sie großkotzig, sobald sie sich verbreitet hat.

Nur die kräftigen Kontrastfarben können ihr die Hand reichen. Vor allem Sattgrün.

„Juhu, hier bin ich!"

Grün kennt ihre Vorteile, kommt fast immer schleichend und grinsend, wie alle Pflanzen, die ohne jegliche Kontrolle alles nur Erdenkliche überwuchern. Sie ist wahrscheinlich die einzige Farbe, vor der Rot heimlich Angst hat. Sie kann die so mächtige Rotwirkung im Nu in Frage stellen.

„Hey, nicht zu viel, stopp! Stopp!", schreit Rot und befürchtet einen Dominanzverlust, „und bitte auf keinen Fall eine Berührung, wenn, dann nur ganz leicht am Rande."

Grün beachtet sie nicht, grinst weiter cool und bleibt ruhig, aber immer in sich ausbreitender Bewegung. Sie weiß es nur zu gut: Sie beruhigt den Betrachter.

„Mich brauchen sie am meisten", weiß sie, besonders in diesen schwierigen, hektischen Zeiten. „Wozu noch mehr Aufregung, die Menschen sind ohnehin schon überlastet."

„Bla, bla, bla…", entgegnet Rot, „du warst und bleibst ein Bionadetyp, ich hingegen bin wie ein starker fruchtiger Wein."

Grün sagt dazu nichts. Früher, in den ausdrucksstarken Zeiten der Expressionisten, hätte sie vielleicht mit einem leisen „Blödmann" dagegengehalten und sich dem Kampf gestellt. Aber die Zeiten haben sich geändert. Heute sind alle etwas diplomatischer. Selbst die Farben.

Rot weiß, was noch auf sie beide zukommt: Schwarz! Schwarz verstärkt sogar die eigene dominierende Wirkung.

Schwarz kommt tatsächlich und füllt die Ränder.

„Ja!". Rot ist zufrieden und gibt zu bedenken, dass noch gewisse Aufhellungen notwendig seien. Mithilfe von Weiß. Und so landen wir bei Pink.

„Pink ist gut. Alles meine Familie."

Aber plötzlich protestiert Weiß:

„Wenn ich mit Rot gemischt werde, verschwinde ich vollständig. Wenn Schwarz bleiben darf, dann bitte ich darum, auch berücksichtigt zu werden!"

Weiß ist selbstverständlich immer neutral und verletzt niemanden. Eine sehr vornehme Farbe.

„Farbe? Dass ich nicht lache. Weiß ist gar keine Farbe."

Oh, wer war denn das? Rot? Nein, Pink war das mit einer Knallstimme. Scheint so, dass sie im Sinne des Rot spricht und handelt. Die Verbündeten. Auch Grün gibt etwas von sich:

„Nö, Weiß kommt überhaupt nicht in die Tüte, sie macht uns doch alle nur schwach."

„Aber, aber… Meine verehrten Freunde. Wir sitzen alle in einem Boot", verkündet Weiß, „hier ist für alle Platz."

„Es kommen bestimmt noch die anderen und der Platz wird immer knapper", befürchten einige. Und sie haben recht, das Spektrum wird immer breiter. Aus heiterem Himmel taucht Tiefblau auf und verdrängt Schwarz, von der eigenen Frische und Reinheit voll überzeugt. Ozeane und Himmel sind auf ihrer Seite. So verstummen augenblicklich alle. Es ist so, als hätte Blau eine Prise Wahrheit mit ins Boot gebracht, und sie verbreitet sich rapide. Wie wenn aus einem Morgenrot plötzlich ein heller Tag wird. Niemand kann Blau stoppen.

„Autsch!", beschwert sich kurz darauf Grün und wird schnell aus der Fassung gebracht. Nur zu gut weiß sie, dass sich die beiden nebeneinander nur schwer vertragen werden.

„Ich will doch gar nicht zu dir, reg dich ab… Da will ich hin, zwischen die beiden."

Damit meint Blau Pink und Schwarz.

„Was?", Pink protestiert, „aber nur wenn Gelb uns vor Blau schützt!"

Mit Schutz meint sie so eine Art Umrandung, „einen kleinen Grenzstreifen."

Niemand hat was dagegen. Gelb reist schnell an und baut ihren Posten auf. In einem Niemandsland und hat noch eine kleine Bitte:

„Also… Ich habe mich neulich verliebt."

Wow! Applaus von allen. So laut, dass selbst Weiß aus ihrem Schläfchen erwacht: „Wer ist nun die Glückliche?"

„Na ja… es ist jemand, die ihr alle gut kennt und in letzter Zeit viel zu selten zu Gesicht bekommt. Dabei so charmant…"

„Foltere uns doch nicht, sag schon!" Alle sind neugierig.

„Es ist Türkis", gibt Gelb endlich bekannt.

Na, wenn das so ist… Alle sind einverstanden. Beansprucht Türkis doch nie einen großen Platz und außerdem verstehen sich alle gut mit ihr, außer Pink, ihre Freude ist minimal bis gar nicht vorhanden. Früher standen sich die beiden sehr nahe, in den seligen 70ern und 80ern. Die 90er besiegelten das Aus für diese zwei damals so dominierenden Farben. Grau verdrängte sie vom Thron und von da an vertrugen sie sich nicht mehr, gaben sich gegenseitig die Schuld und haben schon lange kein Wort mehr miteinander gewechselt. Und jetzt sollen sie in unmittelbare Nähe zueinander rücken? Wie soll das gehen?

Auch anderen schlägt die Vorstellung auf den Magen, die Popart-Zeiten sind endgültig vorbei. Es soll den beiden nicht zu viel Platz eingeräumt werden! Popart ist längst tot! Aber da ist noch Weiß, die Vermittlerin… Sie opfert sich, damit die Harmonie nicht gestört wird, und verschwindet dabei selbst gänzlich. Ihr macht es aber nichts aus. Sie weiß nur zu gut um ihre elegante Erscheinung. Weiß wird zu einer unsichtbaren Brücke zwischen den beiden zerstrittenen Farben, indem sie mit ihrer Hilfe sanft ineinander übergehen. Ohne dass sie es selbst merken, in einer milchigen Form.

Währenddessen beobachtet Schwarz das ganze Treiben sehr aufmerksam: Sie äußert sich kaum. Sie ist so schwarz und dunkel, dass der Spitzname Unfarbe ihr immer Ehre macht. Das ärgert sie aber nicht. Vielleicht weil sie sich stets zu behaupten weiß, außerdem fürchten viele, ein kleiner Teil von ihr könnte alles andere bis zur Unkenntlichkeit verändern. Nur Weiß hat vor ihr keine Angst. Die beiden teilen den gleichen Geschmack und wissen stets ihren eigenen Wert zu schätzen. Miteinander kommen sie ebenfalls gut aus, ohne jeden Schnickschnack der zickigen leuchtenden Kolleginnen. Sie haben schon ihren festen und unumstrittenen Platz im Olymp der menschlichen kreativen Spielereien, wie beispielsweise in der Schwarzweiß-Fotografie, da brauchen sie keine weiteren Farben, und sie fühlen sich sehr wohl dabei.

Auf einmal, mitten in der Frage, wohin nun die Reise gehen soll, taucht Braun auf.

„Oh nee!", klagen die Farbigen.

Braun wird mit unerfreulichen Assoziationen in Verbindung gebracht und immer noch benachteiligt. Sie hat es nicht leicht. Die braunen Zeiten sind längst vorbei und die Gute ist bereit, freiwillig in Rente zu gehen. Ist in den letzten 60 Jahren nur noch im Klub der Rentner unterwegs. Aber die Rentner heute, in diesen mageren Zeiten sind auf Zuverdienst angewiesen, und so taucht sie hin und wieder als Minijobberin kurzzeitig auf und verharrt auf der Bildfläche, um dort letztendlich von den anderen verdrängt zu werden. Und sie nimmt es hin, als alte und gebrechliche Farbe. Vielleicht die traurigste Farbe aller Zeiten.

Trotz der Reibereien scheint es, dass jede Farbe ihren Platz auf der Leinwand gefunden hat. Sogar ganz winzige, undefinierbare Zwischentöne sind durch Fusionen entstanden, und diese Mischlinge freuen sich ganz besonders, wie kleine Kinder. Als wenn sie den großen, etablierten Farben das Wasser reichen würden.

Selbst Rot ist inzwischen zufrieden und reicht der ewigen Feindin Grün die Hand. Pink und Türkis haben sich ebenfalls versöhnt. So sind die Farben, genauso wie die Menschen, haben ständig Angst um die Zukunft, um die gerechte Verteilung und um den eigenen Platz in der Gesellschaft. Wenn aber das Bild erst steht, dann sind sie, bis auf Kleinigkeiten, doch zufrieden und leben in Harmonie. Müssen sie auch, als gute Nachbarn. Und, wie im wahren Leben, werden manche mehr gesehen und manche weniger. Es kommt auf den Standpunkt des Betrachters an.

Nun sind alle Ungereimtheiten vergessen. Jede Farbe hat sich mit der anderen arrangiert und sie lächeln einander an. Ob Schwarz, Weiß, Pink, Rot, Blau oder Braun, Türkis oder Gelb oder sogar Beige und die vielen anderen, die durchschimmern und keinen großen Anspruch haben, alle freuen sich, so großartig ins Bild gesetzt zu sein.

Sie sind einfach da und wirken!

Sie wissen, dass sie Zeiten überdauern und ewig leuchten werden, während der Künstler irgendwann das Zeitliche segnet.

„Durch uns lebst du aber weiter!"

Lassen sie es ihn wissen und stoßen auf das fertige Bild an.

Sie sind glücklich, zusammen mit dem Schöpfer.

Der Künstler kann langsam seine Finger nicht mehr bewegen, eingehüllt in seine warme Jacke, den dicken Schal und die tief in die Stirn gezogene Mütze drängt die Kälte trotzdem bis auf die Haut. Es ist Zeit, etwas Hochprozentiges zu sich zu nehmen, also runter in die Fabrik, wo eine spontane Party steigt, sich aufwärmen, drei Kurze trinken und dann natürlich wieder hoch ins Atelier, weitermalen.

Da hört er plötzlich ein lautes Schnarchen, es klingt wie entweichendes Traktorknattern aus Mund und Nase eines Menschen, und es kommt aus der Küche. Haldo hat es sich dort gemütlich gemacht, liegt auf dem Sofa, bedeckt mit drei bunten Decken und mit einem Gesicht ohne jede menschliche Farbe, Richtung violett. Er lag die ganze Zeit da, während Noah mit den Farben redete, und nun ist er auf dem besten Weg zu erfrieren.

„Hey, wach auf!"

Haldo will nicht aufstehen.

„Steh auf, du wirst erfrieren!"

Haldo reagiert nicht. Ist er etwa schon tot? Erfroren, ohne dass es Noah gemerkt haben sollte? Der erste Tote im Gängeviertel? Ein Tod im Atelier (wenn das keine geile Schlagzeile ist?).

Nein, Haldo lebt: „Ich schlafe noch... Du warst zu laut beim Malen."

Haldo bleibt liegen, Noah geht weitermalen.

4 Stunden Malen ist das Limit. Es macht unheimlich müde, zerrt an der Energie. Außerdem riecht es jetzt im Atelier übel nach Benzin, so stark, dass man high werden kann. Ein Mix aus Terpentin, Ölfarben, Zigarettenqualm und Kerzenwachs.

Noah reißt kurz die Fenster auf. Die aufgestaute Wärme entwischt sofort. Dann die Aufregung im Haus: Der junge Lockenkopf von der VV stürzt herein. Alarm!

„Saga ist da!"

„Was wollen sie?"

„Das sind unsere Eigentümer. Es darf nicht so aussehen, als würde hier jemand wohnen. Wohnt hier jemand?"

„Nein."

„Schläft hier jemand?"

„Eh... Haldo liegt in der Küche."

„Wecke ihn schnell, sie sind bald hier!"

Alarm! Alarm! Alarm!

Haldo springt schnell auf und zwei Damen, beide mit Brillen auf den Nasen und vielen Papieren in den Händen sowie ein Typ kommen hereinspaziert. Behördengesichter hoch drei.

„Huh, hier riecht es aber übel? Was habt ihr vor?"

„Es sind die Farben und das Terpentin, ich male gerade", beruhigt Noah die Dame, „wir sind in einem Atelier."

„Na dann, gutes Gelingen." Sie gucken sich kurz um und sind froh, nicht hierherzugehören. Dann sind sie im Handumdrehen weg. Die Tiere der Arktis sind auch aus dem Atelier verschwunden (gut, dass sie von den Behördenwesen nicht gesehen wurden, man stelle sich nur das Bild vor!), der Terpentingeruch war eindeutig zu viel für die Frischluft liebenden Tiere des Ewigen Eises. Auch Haldo ist irgendwohin fortgeschlichen, er kennt versteckte Winkel, die nur wenige kennen, und hält sich dort ganz allein auf. Bis jetzt weiß niemand, was er dann so treibt. Noah bleibt im Atelier und guckt sich das entstehende Bild lange, lange an.

Am nächsten Tag bemächtigt sich der Zweifel des Ateliers, plötzlich ist das Bild nicht einen Pfifferling wert. Müll! Etwas, worauf die Welt nicht gewartet hat. Muss alles wieder neu gemalt werden. Alles wieder auf Anfang. Aber zumindest ist eine Richtung da, mehr Mut und Emotionalität reinbringen, mehr spielen und wagen und vor allem ohne Angst malen. Diese verdammte Angst, ihre Spuren sind nicht zu übersehen im Bild, ja, er hat im Zustand der Angst gemalt, und das hat die Leinwand nicht vergessen. Es ist so wie im Umgang mit Hunden, zeigst du, dass du Angst vor ihnen hast, werden sie dich angreifen. Genau wie die Leinwände, sie verzeihen dir keine Angst. Die Angst kommt, wenn man lange nicht gemalt hat.

Nichts zu verlieren. Es geht weiter. Die Farbschichten zeigen sich langsam an der Oberfläche, die optische Tiefe lässt auch nicht lange auf sich warten. Langsam verbrüdern sich auch die vielen Farbtöne, Harmonie entsteht und das Gefühl – genau so ist es richtig, und kein bisschen anders. Das Ganze erinnert etwas ans All. An den Kosmos. An ein Universum. Womöglich hat das Unbewusste einen Mikro-oder Makrokosmos des Gängeviertels malen wollen. Umhüllt mit schneeweißem Rand, als Zeichen der Kälte. Die Kälte hält diese Menschen zusammen, so wie das Weiß die Farben auf dem Bild zusammenhält.

Kaum etwas Erfreuliches gefühlt, meldet sich sofort der innere Kritiker:

„Das ist alte Schule! Zu bunt. Wir sind nicht in den Siebzigern. Die Realität heute ist grau!"

Es gibt nur eine Lösung gegen ungebetene innere Gäste: Wieder einmal Weihrauch anzünden und die Attacken des angepassten Kunstbusiness vertreiben.

Es klappt, zumindest vorübergehend. Noah ist am Ende doch zufrieden mit dem Malergebnis.

ZWISCHEN DEN ZEITEN

Es weihnachtet in Hamburg und die Stimmung draußen ist magisch, wenige oder sogar gar keine Autos, Ruhe, etwas Nebel und die Luft voller Erwartung. Menschen bereiten sich vor, wenigstens an diesen Tagen nett zueinander zu sein und vor allem beisammen. Oder aber hoffen darauf, diese Tage so schnell wie möglich hinter sich zu bringen. Ja, die meisten tun das. Die Hamburger haben sich in ihren Wohnungen verbarrikadiert, mit Gänsebraten und Kitschgeschenken. Selbst das Viertel hat sich zurückgezogen, die Familien und Gänsekeulen rufen. Zum Glück hat Noah den Rotwein nicht vergessen, und da die rote Ölfarbe zur Neige gegangen ist, mischt er die Reste mit dem Wein und verteilt alles auf der Leinwand. Eine Blutimitation entsteht. Das bringt ihn auf die Idee, echtes, eigenes Blut mit einfließen zu lassen, und er setzt die Idee auch um, öffnet seinen Körper an der linken Hand und lässt die dunkelrote Farbe fließen. Das tut gut und löst die Spannung. Im Bild ist das Blut kaum zu sehen, aber zu wissen, dass sein eigenes Blut vom Bild aufgenommen wurde, verleiht diesem eine gewisse Lebendigkeit, Blut ist Leben. Wachstum. Er kann sagen, er habe mit seinem eigenen Fleisch und Blut gemalt.

Den gespenstisch stillen Weihnachtstagen folgt wie immer das lärmende Silvester. Kriegsähnliche Zustände für die Ohren. Knall, Bums, Knall, Bums, Knall ... In Ottensen ist es besonders schlimm.

Die halbwüchsigen männlichen Multikulti-Jugendlichen schmeißen das Zeug direkt vor deine Füße und lachen dabei boshaft. Es ist die heimliche Sehnsucht nach Krieg. Aber nur in der Phantasie, im wahren Krieg würden sie sich bestimmt schon beim ersten Schuss in die Hose machen.

Auch im Gängeviertel wird Silvester gefeiert. Noah hat sich schick gemacht. Er hat das Beste angezogen, was er im Kleiderschrank hatte finden können, und wirkt irgendwie fremd unter all den alternativ-punkig gestylten Menschen. Eindeutig zu schick fürs Viertel!

Das Festessen findet im linken Raum der Fabrik statt, dort, wo sonst die Ausstellungen laufen. Jede und jeder hat etwas mitgebracht, alle, nur Noah nicht. Er hat es einfach vergessen, denn das Einzige, was jetzt sein Leben bestimmt, ist das unfertige Bild im Atelier, das dort auf dem Boden liegt. Das Bild ist im Moment der Mittelpunkt seiner Welt, seine Hoffnung und seine große Liebe. Während all die anderen genüsslich speisen und die anschließende Party kaum erwarten können, findet er keinen Platz am Tisch und verschwindet schnellstmöglich wieder im Atelier.

Das Bild hat sich über Nacht verändert.

Taugt es noch?

Er arbeitet ein wenig am Bild und versaut dabei fast seinen besten Mantel mit roter Farbe. Nichts Neues, alle seine Klamotten haben bereits die verschiedensten Farben eingesammelt, nur sein schicker Mantel war bis jetzt verschont geblieben. Jetzt kann nichts mehr schiefgehen.

Draußen wird es immer lauter. Geschosse wie im Zweiten Weltkrieg. Peng, peng … Zwischendurch Raketen und ab und zu auch ein Panzergeschoss. Das Viertel feiert mit. Die Fabrik ist voller Leute, eine Schlange mit 300 Besuchern hat sich gebildet, ihnen ist jedes Mittel recht, um reinzukommen. Das Gängeviertel ist in diesen Tagen der coolste Ort der Welt, hier gibt es die besten Partys und das Bier ist billiger als woanders. Türsteher müssen ran, nicht alle Feierwütigen passen rein an diesem Silvesterabend.

Drin ist es stickig, ein DJ übernimmt vom anderen und die überlauten Elektrobeats lassen das alte Gebäude förmlich erbeben. Kaum mehr Platz zum Tanzen, jeder klebt an jedem, man schwitzt. Sollte es hier zu einer Panik kommen, welcher Art auch immer (wegen eines Brandes zum Beispiel), dann gute Nacht. Fluchtwege Fehlanzeige. Die meisten würden ersticken oder totgetreten. Nur eine kleine Provokation von Seiten der Stadt, der Bildzeitung oder der Spekulanten, die schon lange mit zusammengekniffenen Augen tatenlos mitansehen müssen, was die bunte Künstlerschar auf diesem teuersten Stück Boden der Stadt treibt, und das Projekt wäre gestorben.

Aber die unsichtbaren Schutzengel passen gut auf. Sie tun es immer und verhindern das Unheimliche, natürlich ohne dass jemand überhaupt etwas von ihrem Einsatz bemerkt.

Danke!, schickt Noah ein Zeichen gen Himmel und schafft es mit Mühe hinaus aus dem Raum, nachdem er einige Kurze und oben drauf noch einen Sekt geleert hat, und geht wieder hoch ins Atelier.

Das Bild wird immer besser und es lächelt seinen Schöpfer an.

LARA ZUM ZWEITEN

Sie steht plötzlich am Tresen und lächelt lasziv. Die zweite Chance für die beiden, wenn sie eine solche überhaupt wollen.

„Da bist du ja wieder", schreit Noah, zu laut ist die Party.

„Du ja auch", schreit Lara zurück.

Muss er fragen, warum sie sich nicht gemeldet hat? Ist sie hier, um Noah zu sehen? Wäre interessant zu erfahren, aber er bevorzugt lieber das Schweigen und folgt dem Rhythmus der Musik mit Kopfbewegungen, raucht und guckt in die Ferne. Sie könnte hier mit einem Kerl sein.

„Du hast Farben im Gesicht", lächelt Lara und schenkt ihm einen vielsagenden, liebevollen Blick. Ein Signal. Sie hat Interesse. Sie ist bereit. Sie ist wieder im Sack.

„Kann vorkommen, ich bin Maler."

„Hast du gemalt?"

„Ja, im Atelier."

„Als ich dich kennengelernt habe, hattest du noch keins."

„Ein Wunder ist geschehen."

„Willst du es mir zeigen?"

„Da ist es sehr kalt."

„Ich bin warm angezogen."

Sie gehen hoch und da im Atelier das Licht nicht sofort angeht und das frische Bild auf dem Boden liegt und Lara davon natürlich nichts weiß, tappt sie direkt ins Bild hinein. Noah macht den Strahler an und sieht einen Fußabdruck auf dem Bild. Au, au, au…

Lara ist es sichtlich peinlich, aber er findet es gut:

„So warst du auch beteiligt an der Fertigstellung des Bildes."

Sie kann zum Bild noch nichts sagen. Sie ist erregt. Ihre Blicke verraten das. Die Atelierstimmung macht sie noch zusätzlich an. Wieder erliegt sie der Bohème und der Kunst. Sie küssen sich, ziehen sich schnell aus. Die Körper werden aneinander gepresst. Die sexuelle Anziehungskraft ist so stark, dass die Temperatur um die null Grad egal ist. Quickie, was sonst. Im Stehen … Somit ist das neue Atelier getauft. Endlich ein Gefühl von Sex, Drugs and Rock 'n 'Roll. Ein Gefühl des Zuhause-Ankommens. Die Befreiung.

Erst danach merken die zwei, wie kalt und ungemütlich es im Raum ist. Lara erleidet beinah einen Kälteschock und beginnt zu zittern (ein Augenschmaus, im chaotischen Atelier ihren nackten Körper zu sehen, der langsam blaue Nuancen bekommt). Auch Noah ergeht es nicht anders und sie verlassen schleunigst das frisch getaufte Atelier.

Es ist die magische Null-Uhr-Marke gekommen. Das neue Jahr ist da. Knutschereien und Umarmungen. Es herrscht wie immer an Silvester ein

Gefühl des Neuanfangs, das alte Jahr wird ohne Nostalgiegefühle hinter sich gelassen, jetzt kann alles nur noch besser werden, in jeder Hinsicht.

Vorsätze, Vorsätze ohne Ende, von denen natürlich 90 Prozent sehr bald im Sande verlaufen werden, aber die erste Stunde des neuen Jahres lässt daran glauben, alles wird gut! Wahrscheinlich sind die Menschen weltweit in den ersten Minuten eines neuen Jahres am naivsten und am gläubigsten.

Nun Tanzen bis zum Abwinken. In diesem Tanzwirrwarr verliert er Lara erneut, sie taucht unter. Dafür sind aber genug andere da und es wird geflirtet, was das Zeug hält, gestärkt durch Ateliertaufe, Alkohol und Speed. Der Saal kocht, die Polizei kommt:

„Die Nachbarn haben sich beschwert, insgesamt etwa 80 Beschwerden bis jetzt."

Ist denn heute nicht Silvester?

„Das tut uns leid, am liebsten würden wir mit euch feiern … Vielleicht nur die Musik etwas leiser machen, bitte."

Die Polizeistation in der Caffamacherreihe, wahrscheinlich die netteste auf der Welt, dafür aber die spießigsten Nachbarn auf dieser Welt. Was haben die Leute sich wohl gedacht, als sie in die Innenstadt zogen? Wollten sie mitten in der City wie im Landhaus leben? Ruhe wie auf dem Friedhof, das wollten sie. Sind sie vielleicht lebende Tote? Man weiß es nicht, denn sie verstecken sich und ducken sich weg, so, wie es waschechten Hanseaten gebührt.

Die Musik wird zwar leiser gemacht, aber es kann nie leise genug sein. Die Polizisten kommen wieder und wieder und wieder und bleiben stets nett, korrekt und freundlich. Und so geht es bis 12 Uhr mittags.

Das führt letztendlich zur Entscheidung des Viertels, Kontakt zu den versteckten Nachbarn aufzunehmen und wenn möglich die Beziehungen sogar zu verbessern.

*

Aufatmen – Silvester und alle damit verbundenen Irritationen sind vorüber. Alkoholexzesse sind auch vorbei und es kann alles neu beginnen, mit neuem Elan und neuer Hoffnung.

Das neue Bild ist auch endlich fertig!

Hinsetzen, Wein trinken, rauchen und genießen. Genugtuung, Therapie, Orgasmus pur. Ein Gefühl des Sich-Entleerens. So viel gegeben, dass das nächste Bild in weite Ferne gerückt zu sein scheint.

Chaos, Haldo und Sascha wollen das Bild sehen. Das Expertenteam. Die Einzigen aus der Gemeinde, sonst fragt niemand, hey, Noah, was machst du jetzt für Sachen, können wir sie vielleicht sehen? Die meisten Künstler von heute reden ja nicht über Kunst. Sie sind nur am eigenen Werk interessiert, haben jenseits davon nichts zu kommentieren. Man könnte sie mit Klempnern verwechseln.

Die drei stehen vor dem frischen, noch nach Öl riechenden Bild. Das Gefühl dabei: WOW!

„Das Bild zieht dich ganz schön hinein", Chaos macht wie immer ein Foto. Der Gute ist schon zu einer wandelnden Kamera mutiert und sieht das Leben und die Dinge nur noch durch ein Objektiv.

Haldo schweigt. Aber wenn er so mutwillig schweigt, hat das etwas zu bedeuten: Er mag das Bild. Erst wenn er nicht schweigt, sagt er meist etwas Negatives über Noahs Kunst. Auch Sascha schweigt, und sein Schweigen gleicht dem Schweigen von Haldo. Das große Schweigen wird als positive Reaktion, als Zustimmung interpretiert. Die Premiere ist gelungen und das lange Schweigen wird erst von Saschas Standardfrage gebrochen, ob sie jetzt nicht gemeinsam ein Bierchen trinken würden.

„Wie heißt denn das Bild?", will Haldo plötzlich wissen. Er weiß, wie wichtig die Titel für Noah sind, sie sind die Brücken zwischen Bild und Betrachter.

„Beglückt Minus 3."

Noah ist wunschlos glücklich, nur ein einziger Wunsch blitzt kurz auf: Der Wunsch, wissen zu wollen, was die großen Meister zu seinem Bild sagen würden, Michelangelo, van Gogh, Leonardo, Picasso, Modigliani, Kandinsky, Mondrian und Co. Die Künstler mit Seele und Leidenschaft. Mit ihnen würde er sogar eine Führung durchs Gängeviertel machen. Würden sie überhaupt verstehen, was hier vor sich geht? Oder würden sie aus dem Kotzen nicht herauskommen, wenn sie die moderne Möchtegernkunst sähen?

Möglicherweise würde ihr Kommentar lauten:

„Hey, Kumpel, das ist es, wo wir im Prinzip immer hinwollten, die Kunst so zu deformieren, bis sie keine Kunst mehr ist, um so den Weg für einen Neuanfang zu bereiten. Das ist euch gelungen. Das hier ist keine Kunst, aber ein Neuanfang ist möglich. Kunst ist also tot. Es lebe die neue Kunst!"

Zumindest würden sie ETWAS sagen. Er würde heiß mit ihnen über Kunst diskutieren und endlich so etwas wie Leidenschaft entfachen. Er würde das Gängeviertel zum Brennen bringen. Anschließend mit den älteren Herren so richtig einen saufen gehen und die Sau rauslassen. Bis sie auf die Idee kommen, alle gemeinsam ein Bild zu malen, Action Painting mit den alten Meistern. Das wär's.

Das neue Bild bekommt von seinem Schöpfer einen dicken Kuss. Diese Ehre wird allen Bildern zuteil, wenn sie zu 100 Prozent vollendet sind und beiderseits absolute Genugtuung herrscht.

RATTEN – ABORIGENES DES VIERTELS (PETITION)

Sie waren immer da. Sie haben die Stellung gehalten, als die letzten Bewohner des Viertels wegzogen. Sie und die Menschen haben in finstersten Zeiten des Gängeviertels zusammengehalten. Jetzt sind sie wieder da und fordern, was ihnen zusteht. Zu Recht!

Nachdem die Stadt angefangen hat, Rattengift auszubringen. Ein Skandal für die Ratten!

„Wenn ihr Menschen gegen den Leerstand seid, dann haben auch wir ein Bleiberecht! Wir waren vor euch da und werden hier nicht weichen!"

Wo sollen denn die Nager auch hin? Hier ist ihr Reich, von Generation zu Generation haben sie sich hier vermehrt und hartnäckig die Stellung gehalten. Das hier ist ihre Heimat. Das Viertel ist doch schon seit Langem komplett eingerattet.

Sie werden nicht gehen!

Entweder mit uns oder... mit uns. Heißt ihre Reaktion auf das Gift. Sie können nur den Kopf schütteln – wie konntet ihr nur! Ihr Künstler ... Ihr habt sie wohl nicht alle!

Leben und leben lassen. Macht ihr eure Kunst oder was auch immer (die lauten Partys sind besonders schlimm) und wir machen unser Ding. Wir tun euch nichts und wir können nichts dafür, dass ihr euch bei unserem Anblick sofort in die Hosen macht. Um ganz ehrlich zu sein, seht ihr Menschen auch nicht viel besser aus als wir. Alles ist doch immer eine Sache der Perspektive, es kommt darauf an, von welchem Standpunkt aus etwas gesehen wird. Auch die Lichtverhältnisse spielen eine große Rolle und ihr seht uns ja immer nur im Dunkeln und immer nur auf der Flucht vor euch. Lasst uns den Mut haben, einander im Licht zu begegnen, statt uns zu jagen oder eine Fresse zu ziehen, das bekommt uns nicht gut. Einfach innehalten und uns zur Kenntnis nehmen, vielleicht sogar lächeln, so wie wir es viele Jahrhunderte lang in dieser, zugegeben gottverlassenen Gegend von den Menschen kannten. Schade, dass ihr eure Vorfahren nicht fragen könnt, sie würden es bestätigen, man hat sich gegenseitig stets respektiert.

Wir sind für den Frieden.

P. S:

Hey, Leute! Früher haben die Menschen hier immer geheizt, sie waren arm, aber es war trotzdem warm. Und nun? Im 21. Jahrhundert werdet ihr das wohl auch hinkriegen, oder? Es wird langsam echt ungemütlich, besorgt bitte Heizlüfter, Gas oder was auch immer und legt endlich los! Wir sind auch nur Ratten.

10.
LETHARGIE

Im Gängeviertel ist das öffentliche Leben zum Erliegen gekommen. Die Bewohner haben sich in ihre Schneckenhäuser zurückgezogen. Diejenigen, die Räumlichkeiten zugewiesen bekommen haben, sind vollauf damit beschäftigt, so gut es nur geht, die Räume instand zu setzen und zu renovieren. Erlaubt ist alles, Hauptsache die Räume sind warm, voneinander abgetrennt und ihr eigen. Nur noch ein kleiner Kreis diskutiert darüber, wann die ersehnte Sanierung losgehen soll und wer überhaupt die Ehre bekommt, Hand anzulegen.

In den Straßen herrschen Stille und Kälte. Der Schnee weigert sich zu schmelzen, der Silvesterkater will ebenfalls nicht weichen. Natürlich ist das nur ein vorübergehender Zustand, aber heute ist heute und der Eindruck, alle schönen Tage wären endgültig vergangen, wird Tag für Tag stärker. Man ist auf dem Boden der harten Tatsachen angekommen. Die Beteiligten kommunizieren ausschließlich über E-mail-Verteiler und streiten über Kleinigkeiten.

„Allgemeine Lethargie!", urteilt Noah wie ein Psychoanalytiker im ungeheizten Raum in eine Wolldecke eingehüllt im Gespräch mit Haldo, der beharrlich schweigt und den Eindruck erweckt, er wäre mit dieser Einschätzung einverstanden.

Die Zeit nach Silvester ist ohnehin jedes Jahr aufs Neue eine harte Zeit. Man hat lange auf Weihnachten und Neujahr hingelebt, selbst der November wurde überstanden und nun dauert es eine Ewigkeit, bis der Frühling kommt, worauf sollte man sich also freuen? Viel zu wenige bis gar keine erfreulichen Ereignisse sind in Sicht. Die Neujahrseuphorie ist schon längst verpufft.

„Man hört ja nichts mehr vom Gängeviertel?", ist von Außenstehenden oft zu hören. „Ist das Projekt gestorben?"

Nein, gestorben ist das Projekt nicht, aber es schläft und niemand kann ständig in den Medien präsent sein, das schafft nicht einmal ein Dieter Bohlen.

Der Geist der Aufbruchs hat sich irgendwo versteckt, vielleicht haben ihn die Leute hier vor den Kopf gestoßen, und nun sucht er lieber die Gesellschaft von Ratten und Mäusen, den Urbewohnern des Viertels, die ebenfalls gern in Gesellschaft sind. Die vielen Partys und vereinzelten maßlosen Besäufnisse, nicht gut für den Geist. Vielleicht droht er sogar in Alkohol und Drogen zu ertrinken und muss schleunigst da rausgeholt werden, falls es noch nicht zu spät dafür ist.

Kling, Kling, Kling...

Das ist das Windspiel in Schier's Passage, es hängt an einem Baum und macht bei Wind fast unheimliche Töne und Geräusche (wer kam bloß auf die Idee, es aufzuhängen?). Man hört es erst, wenn es still ist im Viertel, und die Töne machen die Lethargie, die sich über das Viertel gelegt hat, noch deutlicher. Das Windspiel ist das einzige Wesen in diesen Tagen, das etwas zu sagen hat, und es hört sich nicht unbedingt fröhlich an.

Es ist mucksmäuschenstill geworden. Ab und zu trifft sich die Dreadlockgemeinde im Hof und sogar diese Leute haben keine Themen mehr, nicht einmal Klatschgeschichten, sie ziehen sich immer mehr in ihre bunt bemalten Busse zurück und kiffen sich dort schweigend zu. Sie sind ziemlich gebeutelt worden und sehen etwas heruntergekommener aus als zu Anfangszeiten, zum Teil macht sich ihr unangenehmer Körpergeruch bemerkbar. Die meisten sind inzwischen mit den Menschen im Viertel verfeindet und werden womöglich bald ganz verschwinden müssen, denn sie wollen keine Miete für die Parkplätze zahlen. Vielleicht ziehen sie weiter, zur Roten Flora in die Schanze oder ganz weg aus Hamburg. Ein Nomadenleben. Mit nichts sind sie gekommen, und mit nichts werden sie auch wieder gehen.

Da ist noch der uralte Frisör des Viertels, wer hätte gedacht, dass er in seinem Keller ein Musikstudio hat und jeden Freitag seine Gitarre aufheulen lässt wie Jimi Hendrix. „Born to be wild" von STEPPENWOLF ist auch oft im Programm. Kein Entkommen. Interessant, was er sich unter einem wildem Leben vorstellt. Hat er doch bei der erstbesten Gelegenheit die Ideale des Viertels an die Bildzeitung verkauft und sich sehr hässlich über das Projekt geäußert. Und jetzt, während die anderen so langsam schlappmachen, stürmt er mit seiner E-Gitarre die einsamen Nächte des Viertels und verkündet vielleicht auf diese Weise seinen späten Sieg.

Das ist seine Rache, jetzt, wo die anderen keine Muse mehr haben, macht er alle fertig mit seiner Musik.

Die Durchhänger-Stimmung überträgt sich auf alle im Viertel. Doch manchmal trauen sich die Menschen vor die Tür und zittern vor Kälte, zittern und meckern. Gehört ja sowieso zum guten Ton in diesem Land, das Meckern. Meckern ist Staatsreligion und muss auch praktiziert werden, egal ob im Parlament oder im Gängeviertel. Es gibt beispielsweise Leute hier, die nie grüßen. Ja, es gibt tatsächlich Leute, die zu faul sind, den Mund aufzumachen und einfach Hallo zu sagen. Manche Mitstreiter der ersten Stunde wie Adrian sind längst ausgestiegen, immer mehr Ältere steigen aus, dafür stoßen immer mehr Jüngere dazu, die einfach nur ihren Spaß haben wollen, aber sich vorkommen, als wären sie die echten Rebellen.

Wir haben versagt!

Dieser legendäre Satz aus dem Film „Easy Rider" drängt sich ins Bewusstsein.

Haben wir wirklich versagt und ist damit das Projekt endgültig gestorben?

Auch Noah hat resigniert. Der Silvesterblues bleibt hartnäckig. Schwere Monate stehen bevor.

Dennoch gibt es in den Tagen der Lethargie auch das eine oder andere Highlight. Jemand kam auf die sehr willkommene Idee, in der Fabrik eine Gruppenausstellung des Viertels zu machen, auch Noah ist mit einem Bild vertreten. Hier offenbart sich die ganze Bandbreite der Gängeviertelkünstler, von Skulpturen über Installation bis zur Malerei, alles vertreten. Darunter zu Noahs Erstaunen sehr wenig bis gar keine Streetart.

AUSSTELLUNG – EINE BEOBACHTUNG:

Die meisten Besucher begegnen den Kunstwerken mit Skepsis, sie bleiben kurz vor einem Objekt stehen und dann verschwinden sie wieder. Bloß niemanden ansprechen! Die wenigen, die Interesse zeigen und nach Preisen fragen, haben meist den gleichen Satz im Gepäck:

„Ich überlege es mir noch mal." Der Standardsatz.

Auch wenn du den Preis halbierst, gibt es immer noch die gleiche Reaktion. Selbst wenn du ihnen hinterherrufen würdest: „Halt, warte. Ich gebe dir das Bild für einen Euro!"

Würden sie ganz bestimmt weiter überlegen wollen und gehen.

Oder: „Nimm das Bild für umsonst und ich lege noch 50 Euro drauf!"

Sie würden immer noch überlegen.

Hamburg ist eine Stadt der Überlegungen. Die gesamte Stadt überlegt. Angeblich hat niemand Geld, Hamburg ist pleite und besteht nur noch aus Hartz–IV-Empfängern. Egal was für einen Preis du ausrufst, er ist zu teuer. Seltsamerweise werden die Besucher in dem Moment, wo sie vor den Bildern stehen, dement und haben augenblicklich vergessen, dass ihr Konto in Wahrheit überquillt und das Sparbuch noch mehr.

Wer weiß, vielleicht haben sie Mittel und Wege gefunden, ihr Geld ins Jenseits mitzunehmen?

Wie zu erwarten war, wird kein einziges Objekt verkauft. Die wohlhabenden Hamburger kümmert die miserable Finanzsituation der Gängeviertelkünstler nicht. Vielleicht vermuten sie sogar, dass hinter den Fassaden der Klassenfeind lauert. Nur ein Künstler, der schon einen Namen hat, verkauft etwas an diese distinguierten, hochgewachsenen Feudalen. Solidarität kommt nur von denjenigen, die genauso verarmt sind wie die Künstler selbst. Also kommt von den Besuchern der Ausstellung nichts, außer einem Lächeln und einem „Toll habt ihr das gemacht".

Ein anderes Highlight im Viertel: Der NDR möchte eine Sendung über die Besetzerkünstler produzieren und sucht Leute, die mitmachen. Seltsamerweise haben viele Skrupel, vor der Kamera zu stehen und ihre Kunst zu zeigen, schon gar nicht sind sie bereit, sich beim Malen filmen lassen. Fast so, als wären sie neurotisch, ähnlich neurotisch wie in ihrer panischen Angst um ihre persönlichen Daten. Nicht so Noah, bereitwillig führt er das Team in sein eisiges Atelier, nachdem die Fernsehleute in der ebenso eisigen Fabrik ein Interview mit einem anderen Künstler geführt haben.

„Huh, ist es kalt bei euch", beschwert sich der Regisseur lächelnd.

Schnell wird für das nötige Licht gesorgt, und das Atelier erstrahlt wie eine Filmkulisse. Geiles Licht, so hell hat Noah seine Bilder noch nie gesehen. Er soll nun malen, während die Kameras laufen. Er tut es und im Nu entsteht ein Bild mit knallig leuchtenden Farben. Nach 20 Minuten ist der Dreh vorbei. Jetzt werden seine Bilder begutachtet mit „Ach, wie schön!".

Besonders die weiblichen Assistenten sind von den Farben angetan.

„Was würden sie denn kosten?", kommt die unausweichliche Frage. Das ist stets eine erfreuliche Frage, aber meist führt sie zu nichts.

„Welches denn genau?" Noah macht sich auf das Schlimmste gefasst.

„Dieses", zeigt das gut verpackte blonde Mädchen mit stämmiger Statur (eine zum Leben erweckte füllige Puppe wäre die richtige Beschreibung) auf ein rotes Bild.

„800 Euro", antwortet Noah hoffnungsvoll, und in dieser Antwort ist auch ein wenig die Frage verpackt, ob der Preis okay wäre.

„Und das da?", fragt diesmal der Regisseur selbst und zeigt auf das neu gemalte Bild.

„Zweitausend."

„Oh… nee, so viel Geld haben wir nicht."

Natürlich nicht. Sie wären so gerne arm, aber das sind sie nicht, trotzdem ist das Klagen über zu wenig Geld ein Muss. Besonders wenn sie hier bei den Besetzern sind. Das Motto heißt – wir sind alle arm, selbst David Rockefeller würde es vermutlich sagen, wenn er hier stünde. Sie haben genug Geld und wissen nicht, dass sie es haben. Denn das, was sie haben, ist gut aufgehoben und darf nicht ausgegeben werden.

„Ich wusste nicht, dass der NDR so schlecht bezahlt", sagt der Künstler.

Sie schweigen, vielleicht ist ihnen ihre Ausrede peinlich, besonders dem Regisseur.

„Falls ihr hungern solltet, haben wir vielleicht bald wieder eine Vokü, da könnt ihr gern mit uns essen", setzt Noah noch eins drauf und lächelt.

Derlei spitze Bemerkungen mögen sie nicht, und wortlos verlassen sie das Atelier. Trotzdem fühlt sich Noah gut, es wird über ihn im Fernsehen berichtet. Man fühlt sich wie ein Star – auch wenn dieses Gefühl nicht mehr als eine halbe Stunde andauert, es ermutigt ihn. Er ist auf dem richtigen Weg.

*

Endlich hat er es geschafft, seinen alten Freund Charles anzurufen, der sich unheimlich rar gemacht hat. Seit Monaten kein Kontakt mehr. Lebt Charles überhaupt noch?

Ihm geht's nicht gut und er hat sich in seinem Zimmer verbarrikadiert, will die Welt da draußen nicht mehr sehen. Alles ist Mist und hoffnungslos! Klingt nach einer Depression.

„Dann nimm deine Kamera und komm rüber ins Gängeviertel."

Er will nicht.

„Du brauchst Menschen um dich herum, sonst wird es immer schlimmer."

Das weiß er, aber er kann nicht versprechen, ob er kommt.

„Warte am Rathausmarkt morgen um 17 Uhr auf mich, nicht länger als 10 Minuten, wenn ich nicht komme, dann komme ich nicht."

Er kommt nicht, aber er ruft an und kommt am nächsten Tag. Im Atelier hält er es wegen der Kälte nicht lange aus, dafür bekommt er eine ausgedehnte Führung durchs Viertel. Erwartungsgemäß bleibt seine Reaktion verhalten, während Noah begeistert über die Geschichte der Besetzung erzählt. Sie bleiben kurz in Schier's Passage stehen. Charles versucht sich zu erinnern:

„Ich glaube, das war hier… Ja, genau. Hier sind wir reingestürmt. 1968 machten wir eine Demo gegen Springer, um die neue Bild-Ausgabe zu verhindern. Die Polizei verjagte uns mit Wasserwerfer und Knüppel. Etwa 20 Leute haben hier Unterschlupf gesucht… die Bullen folgten uns. Die Bewohner haben uns aufgenommen."

„Was waren das für Leute, die Bewohner?"

„Mich und meinen Kumpel Reiner hat ein Iraner versteckt, ein Akademiker, der Taxi fuhr. Wir blieben etwa 3 Stunden bei ihm und tranken Tee, hier in diesem Haus war das", er zeigt auf das Lagerhaus, das heute wegen Einsturzgefahr nicht genutzt werden darf. „Die Polizisten warteten lange und machten eine richtig schlimme Jagd auf uns. Die Bewohner waren sehr freundlich."

Protestmärsche sahen damals anders aus. Junge Menschen Arm in Arm und voller Elan, ohne Angst und entschlossen zu kämpfen, egal was kommen sollte. Nicht wie heute, wo die Teilneh-mer eines Protestzuges völlig entspannt und fast leblos durch die Straßen schlendern und so was von blöd pfeifen. Das macht niemandem mehr Angst.

Noah hört voller Begeisterung zu, Charles findet nichts Begeisterungswürdiges am Protestverhalten von damals. Kein gutes Zeichen, er lässt sich für nichts mehr im Leben begeistern. Auf- und abge-klärt wie ein Gott. Keine Emotionen mehr. Wenn das ein typisches Indiz ist für das Altern, dann möchte man wirklich jung sterben. Dann wechselt Charles das Thema:

„Noah, du brauchst jemanden, der dich unter seine Fittiche nimmt."

Charles fotografiert wie verrückt, den urbanen, dreckig künstlerischen Charme des Gängeviertels. Nirgendwo in Hamburg wird in diesen Tagen so viel fotografiert wie hier. Man braucht kein großar-tiger Fotograf zu sein, bei dieser Kulisse werden die Fotos immer gelingen. So langsam taut Charles auf:

„Es ist wirklich unglaublich hier, so unwirk-lich…"

In einem Haus am Valentinskamp entsteht ein Infoladen, es ist im Moment der einzige Ort im Viertel, wo keine Lethargie zu spüren ist, es wird sehr fleißig gearbeitet. Nilda leitet das Ganze, eine amerikanische Tänzerin, die in den späten Siebzi-gern in Kalifornien in der Hippie-Kommune von GRATEFUL DEAD aufwuchs und ein interessan-tes Denglisch spricht:

„Hey, Noah, wir machen ein Laden mit viel Kleinkunst, alles unter 50 Euro, du kannst auch paar Bilder bringen und verkaufen."

Eine gute Nachricht. Vielleicht eine kleine Einnahmequelle für die Künstler des Viertels.

Auch das Windspiel hat es Charles sehr angetan. Dieses Symbol der Einsamkeit hat noch nie vor einer Kamera posiert, jetzt tut es das für Charles.

Die klirrenden Stäbe erzählen irgendwas, sie haben die Rolle der inzwischen verschwundenen Dreadlocks übernommen und die Klänge quasseln unermüdlich irgendetwas vor sich hin, in einer kodierten Sprache, die natürlich niemand versteht.

Kling. Kling. Kling. Kling…

Je windiger, desto lauter. Vielleicht will das Windspiel nur um Aufmerksamkeit buhlen und Respekt einfordern? Schließlich ist es ununterbrochen am Arbeiten. Charles ist wie elektrisiert von ihm. Da haben sich zwei gefunden. Vielleicht der Beginn einer wunderbaren Freundschaft.

Er möchte, dass Noah ihn bis zum Hauptbahnhof begleitet. Über Gänsemarkt, Jungfernstieg und Mönkebergstraße, vorbei an schicken Schaufenstern und noch schickeren Menschen. Dabei ist ein Gebäude hässlicher als das andere. Eine tote Ecke, lebendig nur durch Globalkonsum. Hier ist die Welt ganz anders und die Menschen noch befremdlicher, als sie es ohnehin schon sind. Eine wahrhaft kunstlose und seelenlose Meile. Auch wenn hinter jedem dieser Menschen ein Schicksal steckt, auch wenn jeder von ihnen anders ist und eine eigene, einmalige Persönlichkeit, wirken sie alle zusammen

141

doch wie seelenlose Roboter. Masse Mensch. Außer Einkaufen und Konsumieren ist da nichts drin.

Noah hat das Gefühl, als würden ihn die Passanten mit merkwürdigem Blick anstarren, abweisend und herabwürdigend. Er erkundigt sich sicherheitshalber bei Charles, ob mit seinem Äußeren etwas nicht stimme.

„Du bist halt ein Künstler", antwortet Charles schmunzelnd.

„Ja und?"

„Meistens gelten die in diesem Lande als Versager."

Harte Worte. Noch härter ist der Weg zurück, alleine als „Versager" ins Versagerdorf. Dann aber das Erreichen der Festung Gängeviertel, und heilsame Erleichterung. Hier ist man unter sich, hier ist man sicher. Hier kann man sein, wie man ist.

11.

HEILIGE DONNERSTAGE

Das Dorf mit Namen Gängeviertel liegt immer noch im Winterschlaf. Die Menschen bleiben in ihren Ateliers verbarrikadiert und kommen nicht mehr heraus aus ihrer Festung. Es wird nach ihnen gesucht. Hallo? Ist da jemand? Wo seid ihr alle? Hallo?

Keine Antwort und niemand will was gehört haben.

Der Winter ist schuld, einer muss es ja sein. Man geht sich gegenseitig auf den Keks. Der Geist des Anfangs will einfach nicht zurückkehren, er ist verschwunden, hat sich aus dem Staub gemacht, ohne sich wirklich verabschiedet zu haben. Statt Liebe, die anfangs allgegenwärtig war, herrscht nun Hass. Jeder gegen jeden. Es ist die Stunde der Coachs und Kommunikationsprofis. Sie können heute alles regeln. Eine Mediatorin wird eingeschaltet.

Die Mediatorin hat eine Idee. Diana, die beim Treffen dabei war, ein schmächtiges Mädchen, erzählt:

„Sie schlägt vor, dass wir mindestens einmal in der Woche zusammen essen. Essen verbindet die Menschen, bringt sie wieder zusammen. Wir haben also beschlossen, dass wir uns jeden Donnerstag zum Essen treffen, jeder bringt was mit und es wird zusammen gekocht, geklönt und was weiß ich noch alles. Ihr sollt die Sache in die Hand nehmen, da wir im Moment keine Küche haben."

Eine neue Aufgabe. Kochen ohne Küche. Wie soll das gehen?

„Wir reaktivieren die Küche, kochen dort und tragen das Ganze dann in die Fabrik", meint Küchenpate Haldo. So eine Art mobile Küche also. Noah fühlt sich, als wäre er politischer Gefangener in Sibirien unter dem Zarenregime. Und das im Jahr 2010 mitten in der Hamburger City.

Die Küche hat keinen Strom mehr und das erste Kochen findet bei Kerzenlicht statt, mit einem Gasbrenner und vor Kälte zitternden, eingemummelten Akteuren. Wasser wird von woanders herbeigeschafft. Die Wasserleitung ist längst zugeeist und nicht mehr zu gebrauchen.

Noah hat beschlossen, seine viel gelobte Suppe „Magic is the Life" zu kochen, Haldo macht Spaghetti und Chaos etwas Asiatisches mit Kokos und Reis. Diana, die selber mithilft, hat einen 13-jährigen Praktikanten mitgebracht, der eifrig Zwiebeln schneidet. Ja, es gibt schon Praktikanten im Gängeviertel. Das Gängeviertel macht hart und bereitet aufs Leben vor. Die nachfolgende Generation soll lernen, wie man heutzutage Häuser besetzt.

Das Allerschlimmste ist, ohne fließendes Wasser zu kochen, sie müssen das Wasser aus der Fabrik holen, Topf für Topf. Ob das hier etwas werden kann? Niemand zweifelt dran, bis jetzt hat immer alles picobello geklappt und so wird es auch dieses Mal sein.

144

Die Suppe ist endlich fertig, mit viel Koriander, Ingwer und scharfen Gewürzen, die sollen die Leute aus ihrer Lethargie reißen. Haldo versucht es mit Spaghetti und, wie nicht anders zu erwarten, kochen sie wieder über und die Hälfte muss weggeschmissen werden. Er kann die richtige Menge immer noch nicht richtig einschätzen. Die Mädels und der Praktikant machen Salate, billiger Wein fließt in Strömen.

Als das Essen fertig ist, wird es mit einem Bollerwagen über Valentinskamp in die Fabrik gebracht. Vorsichtig wie ein Schatz. Die Straßen sind eisig, eine falsche Bewegung und die Töpfe mit dem Essen liegen auf der Straße. Die neugierigen Passanten verstehen nicht, was vor sich geht. Große dampfende Töpfe, Teller und Besteck werden mitten auf der Straße transportiert. Wie passt das zur cleanen Hamburger City? Wird gerade ein Film gedreht?

„Achtung!"

Die verwirrten Menschen machen Platz und gucken irritiert.

Der Tisch ist reichlich gedeckt, die Halle voll. Applaus beim Hineintragen der Gerichte, alle haben Heißhunger. Noah hält eine kleine Rede, deklamiert einen Trinkspruch:

„Möge dieses Zusammenkommen an dieser farbenfrohen Tafel uns alle aus dem Winterschlaf herausholen und uns Energie geben für die kommenden Aufgaben. Das Büffet ist eröffnet, greift zu und lasst es euch schmecken!"

Wieder Applaus. „Bravo, Bravo!" Viele haben so allerlei mitgebracht, Brot, Süßigkeiten, Kuchen, Obst und Leckereien, die man nicht unbedingt kennt. Das erste Mal, dass das ganze Viertel zusammen isst, zusammen plaudert und zusammen lacht. Ein Gefühl, als hätte man einander vermisst, dabei war man doch die ganze Zeit zusammen. Eine große Familie.

Nachdem alle satt sind, geht das Ganze in eine Party über, der Haus-DJ sorgt für tanzbare Klänge. Jeder Winter und jede Lethargie lässt sich doch mit Partys und ausreichend Alkohol gut überstehen. Für besonders gute Stimmung sorgt ein Teller, von dem jede und jeder etwas probieren muss: der Gute-Laune-Teller mit schwarzer Schokolade, Bananen, Ananas und Pinienkernen. Nach dem Essen hatte Noah quasi alle Anwesenden genötigt, etwas von dieser Kombination zu probieren („Wer es nicht tut, ist unser Feind und ein Spion!"). Es sind alles Zutaten, die dank Endorphin-Ausschüttung im Gehirn für gute Stimmung sorgen.

Noah und Haldo müssen das ganze Equipment später wieder zurücktransportieren. Nachts um 11 werden also Töpfe, Teller und Besteck ins Lagerhaus in Schier's Passage gebracht. Wieder große Augen bei den Hamburgern angesichts des vollgepackten Bollerwagens und des höllischen Lärms, der mit dem Transportgeschehen einhergeht. Und zum ersten Mal seit Langem sind die Klänge des ominösen Windspiels verstummt. Sie gehen heute voll unter im Getöse. Der Wagen bahnt sich unerschrocken seinen Weg, einige Teller gehen zu

Bruch und auch Töpfe erleiden Bauchlandungen, alles rappelt und fliegt durcheinander. Während die anderen damit beschäftigt sind, die verloren und kaputt gegangenen Teile einzusammeln, fällt Noahs Blick auf ein schon tausendmal gesehenes Motiv: Geradeaus hoch hinaus ragt ein Turm in moderner Architektur – gläsern, uniform, monoton, minimalistisch und seelenlos. Solche Gebäude sind es, die aufs schmuddelige Gängeviertel herabschauen wie eine groß gewachsene mondäne Blondine auf einen kleinen, hinkenden, schlecht gekleideten, wenn auch intellektuellen Mann (vielleicht Schriftsteller?). Nach dem Motto – nicht mal den kleinsten Gedanken verschwende ich darauf herauszubekommen, wer du bist und was du bist. Deine Zeit ist abgelaufen, und komm mir jetzt nicht mit mangelndem Tiefgang und so … Nur der Erfolg und das Aussehen zählen! Du hast es gewagt, dich mir in den Weg zu stellen. Ich mach dich fertig! Jetzt ist meine Zeit! Mach den Weg frei, sonst zerquetsche ich dich, gehe mir lieber freiwillig aus dem Weg, du Stinktier und Relikt aus einer alten, beschissenen Zeit.

Dieser optische Zusammenprall der Gebäude ist ein unübertreffliches Bild voller Symbolkraft. Ein Augenschmaus. Reine, pure Kunst. Ein zum Leben erwecktes Filmplakat. Dazu strahlt der Mond, er ist beinahe voll. Wie ein stummer Zeuge ganz oben zwischen den Häusern. Sollte er irgendwas fühlen oder gar verstehen, würde er sich in die Rangelei nicht einmischen. Was gehen ihn die Kämpfe und Sehnsüchte der Menschen an? Bis jetzt gingen diese niemanden außer die Menschen selbst an, die Gestirne über ihnen haben nur still zugeschaut und alles zur Kenntnis genommen, und so wird es vermutlich auch in Zukunft sein.

Beim gemeinsamen Rauchen zum Abschluss des Abends kommt endlich das erlösende Gefühl auf, die unendliche Lethargie durchbrochen zu haben. Alle teilen diese Ansicht. Selbst das Windspiel macht ein einziges, zustimmendes „Kling". Auch wenn es weiterhin präsent bleibt, müssen wir uns von ihm verabschieden. Es war und ist jedoch ein unverzichtbarer Bewohner des Viertels und wird es bleiben. Noah klettert auf den Baum und streichelt über das Metall, als kleines Dankeschön.

Und der stille Mond hoch oben ist auch noch da, vielleicht wacht er auf seine stille Art über das Geschehen. So wie für uns Menschen hier unten Sonne, Mond und Sterne auf ihre eigene Weise leuchten und uns Licht und damit Leben spenden, leuchten von der Erde zu den Gestirnen hinauf all die vielen Projekte, die sich der Gier und dem Profit entgegenstemmen. Eines davon ist das Gängeviertel-Projekt. Jetzt in diesen Sekunden der stummen Nacht leuchtet dieser eine winzige Punkt auf der Weltkugel ganz besonders hell, und der Mond weiß warum. Ja, der Mond hat verstanden. Er lächelt uns verstohlen an. Wie viel er doch Tag ein, Tag aus von da oben sieht, aber niemals mischt er sich ein. Doch er fühlt mit und ist womöglich ein großer Fan des Viertels.

MOTHERFUCKER KOHLSUPPE

Das gemeinsame Donnerstagessen etabliert sich und wird zum Highlight im tristen Wintergrau Wenn dick vermummte Menschen einen Bollerwagen durch den Schnee ziehen und großen Töpfe mit Wasser schweigsam hin und her tragen, ist das ein untrügliches Zeichen, es ist heiliger Donnerstag, das Essen findet statt. Und das Viertel kommt zusammen. Die Küche lebt. Neben zahlreichen Ausstellungen, Lesungen und Konzerten hat das gemeinsame Essen nun einen festen Platz im Leben des Viertels.

Oft stellt sich die bange Frage – kann heute das Essen stattfinden oder nicht? An einem dieser Donnerstage sind Noah und Haldo ziemlich planlos und die Kälte, diese verfluchte Kälte lässt keine neuen Ideen fürs Essen zu. Es gibt Momente im Leben, da bist du leer, ideenlos und ohne Motivation. Und dann musst du noch für 50 Leute kochen. Es ist beinah zur Pflicht geworden.

„Wir haben noch Kohl", stellt Haldo fest.

„Dann sind wir gerettet!", freut sich Noah sarkastisch. Dieses Mal soll das erste Mal direkt in der Fabrik gekocht werden. Die Stimmung ist gereizt (Neumond). Es ist, wie könnte es anders sein, KALT! Auf einmal ist auch noch der Strom weg. Lenin aus den Anfangstagen (mittlerweile hat er einen viel voluminöseren Bart als Lenin) macht aus seiner schlechten Laune überhaupt keinen Hehl und dreht nun völlig durch. „Ihr Motherfucker!", schreit er die ganze Zeit und will höchstwahrscheinlich jemanden umbringen, während Noah und Haldo wieder einmal wortlos die Töpfe in den linken Raum der Fabrik tragen. Falls Lenin richtig ausrasten sollte, würde ihm Noah den großen Kochtopf direkt auf den Kopf hauen. Alles ist möglich, man muss vorbereitet sein, wer weiß, was in dem Tobenden vorgeht, es ist nicht ungewöhnlich, dass hier Menschen durchdrehen, eine völlig normale Situation…

„Was seid ihr alle für Motherfucker!", brüllt der Revolutionär weiter und lässt eine Tür nach der anderen knallen. Bums, Bums… Nur Lenin scheint zu wissen, warum und weshalb. Sein aktionsreicher Auftritt wirkt auf die Kochcrew inspirierend und die Suppe, diese so lieblos angerichtete Kohlsuppe bekommt zumindest einen wunderschönen Namen: Motherfucker Kohlsuppe. Sie schmeckt scheußlich, darauf lassen auch die ausbleibenden Komplimente der Anwesenden schließen. Sie essen schweigsam, Sound of Silence an diesem Abend, nur von Schmatzgeräuschen unterbrochen, und alle verlassen gleich nach dem Essen schweigsam die Halle. Unmöglich, diese Motherfuckersuppe. So ähnlich müssen die Suppen für die Gefangenen im Film „Papillon" geschmeckt haben, auf der Gefangeneninsel auf Neuguinea. Allein schon die Farbe der Suppe animiert zum Kotzen. Aber es gibt im Viertel keinen passenden Platz zum Kotzen, man würde überall gesehen. Ganz abgesehen davon, wenn sich die Köche nach dem Essen übergeben würden, verhieße das nichts Gutes. Das Vertrauen wäre für ewig futsch. Niemand mehr würde ihr Essen anrühren.

Statt zu kotzen trinken die zwei reichlich Alkohol und sind dankbar, wenn endlich der Tag vorbei ist. Hinzu kommt, dass Sascha wieder aus dem Nichts auftaucht und sich in der Mitte der Halle postiert wie ein Denkmal. Das wird von diesem Tag an seine Rolle sein. Er kommt hereingeschneit und stellt sich mittenhinein. Ein, zwei, drei Stunden lang steht er wie zur Salzsäule erstarrt und spricht mit niemandem. Dafür trinkt und raucht er ohne Ende... Diesen Tag werden die Jungs so schnell nicht vergessen.

*

Mobile-Adventure-Action-Cooking-Team. Das ist MAACT. Die mobile Küche, die irgendwo in den Lagerhäusern haust und mittlerweile überall kochen kann. Bis jetzt hat MAACT in fast jedem Gebäude im Viertel gekocht, sogar im schmuddeligen Keller von Kaschemme, wo die Ratten sich gegenseitig gute Nacht sagen. Der beste Ort aber ist und bleibt die Monster Fabrik. Ganz besonders, wenn die Crew auf der Bühne kocht, wo sonst Musiker und DJs stehen und sich wie die Götter fühlen. Es macht Spaß, bei der Essensausgabe die Menschen mit ihren leeren Tellern Schlange stehend von oben zu betrachten. Das vermittelt ein gewisses Machtgefühl und es schadet nicht, ab und zu dieses Gefühl zu erleben.

MAACT wird immer besser. Kochen unter diesen seltsamen Umständen ist endgültig zur Kunst avanciert und es macht ungeheuer viel Spaß, Menschen mit Kochkunst glücklich zu machen. Wenn die Geschmacksorgane befriedigt sind, dann ist auch der ganze Mensch happy. Ob es im Hansa- oder im Gängeviertel ist, macht keinen Unterschied, es ist überall das Gleiche. Essen steht ganz oben. Menschen sind keine Geister, sie brauchen Essen, gutes Essen.

Die Lethargie ist endgültig überwunden. Menschen mit Koller sind wieder zur Stelle und fest entschlossen, die kleine Hamburgrevolution zu Ende zu führen. Als Nächstes findet wieder mal eine Aktion gegen den Leerstand in der Stadt statt. Direkt mittendrin an der U-Bahn-Station Gänsemarkt. Stühle stehen Reihe hinter Reihe. Die zweite Bühne ist einige Meter entfernt aufgebaut – bei heftigem Hamburger Regen laufen Open-Air-Filme, Filme über Widerstand in Ländern der Dritten Welt und über die Unterdrückung der Frauen. Menschen sitzen mit aufgespannten Regenschirmen und schauen sich die bewegenden Bilder seelenruhig an. Die pure Aktionskunst. Passanten bekommen wieder große Augen, besonders die, die keinen blassen Schimmer vom Viertel haben. Die Polizei lässt gewähren, die Einsatzkräfte stehen ganz entspannt dabei und man hat das Gefühl, sie gehören dazu.

MAACT sorgt dafür, dass alle genug zu essen und zu trinken haben. Tee und Glühwein werden wildfremden Menschen auf der Straße angeboten. Haldo hat Chili con Soja gekocht und es sieht nicht so appetitlich aus, aber es schmeckt besser als die Kohlfucksuppe. Neben dem Essensstand in der Fabrik gibt es ein Transparent, das von jedem sehr aufmerksam gelesen wird, Worte von Josef Beuys:

„Wählt nie wieder eine Partei! Alle! Jeder! Wählt die Kunst, d. h. Euch selbst! Alle! Jeder! Macht Gebrauch von Eurer Macht, die Ihr habt durch das Recht auf Selbstbestimmung! Alle!"

WAS GUCKST DU?

An den blutleeren Sonntagen kommen sie und staunen, die gut betuchten und wortkargen Hanseaten. Vieles ändert sich in der Welt, nur die Hanseaten tun das nicht. Außer vielleicht ihre Kleidung, und selbst dort findet man Anknüpfungspunkte an vergangene Zeiten: lange dunkle Mäntel und etwas nach unten gerutschte Brillen.

„Guck mal", sagt einer zum anderen. Und sie gucken wie die Tiere in Hagenbecks Tierpark. Mit einem Blick, der ausdrucksstark in Richtung „blödgucken" tendiert. Wie haben bloß die Menschen im Gängeviertel das aus eigener Kraft geschafft?, fragen sie sich manchmal irritiert. Dieses außerordentlich vielfältige kulturelle Leben, dieses pralle Leben pur?

„Guck mal!"

Und sie gucken und gucken und gucken auf den Zoo, der sich vor ihren Augen präsentiert. Auch sie wären in versteckten, eingestaubten Regionen ihrer Phantasie gern ein Teil des Projekts, aber psst! Längst haben sie einen anderen Weg gewählt, dem Kapital und den Behörden fleißig und alternativlos zu dienen. Das Dienen ist ihre Religion. Alles korrekt erledigen, was Staat und Gesetz von ihnen verlangt. Aber ein verstohlener Blick in den Zoo kann doch nicht schaden.

„Guck mal!"

Sie gucken und staunen über den Zoo, selbstverständlich ohne dieses Staunen wirklich zu zeigen. Ein Hamburger zeigt keine Emotionen, das wäre ja ein Zeichen der Schwäche. Hin und wieder gefällt ihnen sogar, was sie sehen, aber ... Trotzdem, kann es so im „schönen" Hamburg nicht weitergehen. Diese Künstler, sie tun, was sie wollen, und nehmen sich, was sie wollen. Wie kann das sein? Schläft das Auge des Gesetzes? Nur weil sie Künstler sind? Die Zeiten des wilden Rock 'n 'Roll sind doch längst vorbei!? 68 doch schon seit ewigen Zeiten überstanden.

Liebe Gaffer! Der Rock 'n 'Roll lebt im Gängeviertel munter weiter. Lebt, wächst und gedeiht. Der pure Rock 'n 'Roll, den ihr so eifrig im Museum oder auf einem Konzert der Rolling Stones sucht, wo die lebenden Leichen dieses Rock 'n 'Roll immer noch ihr Theater abziehen ... Er lebt hier im Gängeviertel und ist quicklebendig. Und er ist

154

manchmal sogar schmuddelig, ungewaschen und
wild.

„Guck mal!"

Und sie werden gucken bis in alle Ewigkeit.

12.
DER TRIP

Was wäre wohl die Welt der Kunst ohne Drogen?

Bei Noah war es bislang immer so gewesen, dass ihm Drogen aller Art einfach zugeflogen sind, er musste keinen Finger krumm machen, nur den Mund aufsperren und schon waren sie in ihm drin. Sie fanden ihn immer zuerst. Auch dieses Mal.

Da Hamburg ein Dorf ist, begegnet man oft Menschen, mit denen man keinen Kontakt mehr pflegt. Zum Beispiel Detlef, sturzbesoffen und wie immer prächtig gelaunt. Er spricht von einem gewissen Ingo:

„Er hat endlich gelernt, LSD zu machen. Ich schenke es dir."

Und drückt Noah eine winzige Pappe in die Hand.

„Von der feinsten Qualität, sehr potent. Sei vorsichtig, nimm nur die Hälfte, könnte dich richtig umhauen ... Und wie läuft es mit der Kunst?"

„Großartig!"

„Ich wusste immer, dass du es schaffst."

Detlef lacht und geht. Aber er hat Noah vor eine schwere Wahl gestellt:

Einwerfen oder nicht einwerfen?

Auch wenn er sich längst geschworen hat, keine psychedelischen Drogen mehr anzurühren, ist die Versuchung groß. Hatte noch nicht die Ehre, LSD, die Gottesdroge, wie sie in den heißen Hippiezeiten genannt wurde, kennenzulernen. Jetzt aber ist sie von alleine in seine Hände geraten und schreit nach der Tat. Das kann kein Zufall sein, die Zeit ist reif. Ein winziges Teilchen, nicht mal einen halben Zentimeter groß. Lässt sich schlecht in der Hand halten, so dünn und fragil, sie könnte zerdrückt werden. Und dieses kleine Stück Pappe verspricht 14 Stunden Reise in die Welt des Unmöglichen. Zu den Arealen des Gehirns, wo kein noch so genialer Wissenschaftler mit Wissen und Zahlen hingelangt. Wer wird da nicht schwach?

Es ist 5 Uhr abends. Das Zeug schlucken, Wasser dazu, Telefon aus, Musik an und der Trip kann beginnen.

Als der Erfinder des LSD, Albert Hofmann, den ersten Selbstversuch gemacht hatte, glaubte er, vom Teufel persönlich besessen zu sein, befürchtete regelrecht verrückt geworden zu sein, sah er doch Bilder, die nie ein Mensch zuvor gesehen hatte, mehrere Stunden lang. Es muss der reinste Horror gewesen sein, mit dem alarmierenden Gedanken – er käme nie wieder zurück in die Realität.

In 20 Minuten verändert sich alles um dich herum. Dinge beginnen zu strahlen und sich zu drehen. Mit geschlossenen Augen sieht man das pure Design der Farben (wer weiß, wie viele moderne Designer sich von LSD-Visionen inspirieren ließen). Farben, die es im realen Leben nicht gibt und die sich der Beschreibung durch Sprache entziehen. Eine undefinierbare Kraft (Gott, Teufel, etwas in der Richtung) nimmt dich vollständig in Besitz und katapultiert dich heraus aus deinem Selbst auf eine verwirrende Reise. Weit, weit weg… Nach einer gefühlten Ewigkeit geht es ums Eingemachte. Der reizende Albtraum beginnt! Probleme, Sorgen und Ängste aus der Vergangenheit und der Zukunft lauern in jeder Ecke und zeigen sich als Wesenheiten. Vor allem die unbezahlten Rechnungen beginnen majestätisch durch den Raum zu fliegen.

„Hier sind wir. Fang uns, wenn du kannst."

Sie belächeln dich nur.

So geht es eine Weile, bis ein Ausweg gefunden ist: MUSIK!

Klänge werden sichtbar und Farben werden hörbar. Es gibt keine Trennung mehr zwischen dir und der Welt, du bist eins mit ihr.

Die Beatles machen den Anfang und da die Zeit tatsächlich ausgehebelt ist, stehst du plötzlich mittendrin im Abbey-Road-Studio des Jahres 1968, das „Weiße Album" wird gerade aufgenommen und John Lennon reicht dir die Hand.

„Hey, Noah, wie findest du das?"

Ob-La-Di, Ob-La-Da…

Es kommt, wie es kommt. Life goes on…

Ringo reicht dir die Schlagzeugstöcke und ermutigt dich zu spielen. Sie müssen ihn zurückhalten, er möchte nicht mehr bei den Beatles sein, er hat starke Selbstzweifel. Könnte Noah nicht der neue Schlagzeuger werden? Paul McCartney ist ebenso auf LSD und redet wirres Zeug. Georgie ist sehr konzentriert, meditiert zwischendurch und möchte sogar etwas über das Gängeviertel wissen: „Könnten wir bei euch spielen?"

„Aber bei uns bekommt keiner eine Gage. Würde das gehen?"

„Kein Problem", beruhigt John, er hat schon immer ein Herz für die Arbeiterklasse und ihre sozialen Nöte gehabt, „wir machen das."

Die Beatles im Viertel. Nur für einen ausgesuchten Kreis. Nur für die Leute des Gängeviertels. Sie wollen wirklich spielen und sind sehr neugierig, was im Viertel so abgeht. Noah erzählt in Kurzversion von der Situation und den Umständen, wie es dazu kam.

„Das ist echt cool, Mann!" Alle teilen Johns Begeisterung.

„Gibt es da immer noch so viele Ratten?", will plötzlich Paul wissen, „die Viecher haben mich einmal angegriffen."

„Du warst da?", Ringo und die anderen sind erstaunt.

„Sie fanden Paul so zart und lieblich, dass sie gleich an eine Mahlzeit dachten", lacht John. Die Feindseligkeiten zwischen den beiden sind nicht zu übersehen.

„Ich hatte da eine Geliebte. Karin", sagt Paul, „wir haben uns immer von dem brennenden Ofen geliebt. Einmal kam ihr Großvater, als ich sie gerade von hinten nahm. Mit einer Schrotflinte … Na ja, es war schon ein magisch fürchterliches Viertel."
Die vier wirken so jung! Aus heutiger Sicht ist Noah älter als es die Fab Four damals waren. Tolle Typen, so einfach und zugänglich, allein ihre Klamotten, ausstaffiert wie Muttis Lieblinge. McCartney hat einen selbstgestrickten Pulli an (bestimmt

von seiner Oma). Die vier spielen das gesamte Album, sehr konzentriert und voll bei der Sache. Dann kommt „While My Guitar Gently Weeps", George Harrison gibt alles beim Singen und zwinkert Noah zu. Eric Clapton ist auch im Studio, er steuert die Gitarre im Mittelteil (will aber nicht erkannt werden), Paul kreiert die fetten Orgelpassagen. Eine magische Stimmung im Studio. Die Stimme von George schickt dich wie immer auf eine lange spirituelle Reise …

„Come Together" würde jetzt der Künstler aus der Zukunft wünschen. Sein Lieblingslied der Gruppe. Aber das Stück ist noch nicht mal geschrieben, kommt erst ein Jahr später. Als hätte John seine Gedanken gelesen, singt er Noah ein paar Passagen aus dem Song vor. Alle sind verzückt, aber es passt nicht auf dieses Album, „wir machen es aufs Nächste drauf", sagt George Martin, der disziplinierte Produzent.

Geht die Musik zu Ende, ist der Albtraum mit teils frei erfundenen Problemvisionen wieder da. Ein Gefühl, als würde man bis zum Hals im Sumpf stecken, umgeben von Krokodilen mit messerscharfen Zähnen, die einem zwar nichts tun, aber stets auf Angriff aus sind. Wovon willst du in Zukunft leben? Wirst du es überhaupt jemals schaffen, von dieser verdammten, brotlosen Kunst zu leben? Und all die Rechnungen und Briefe, die ungeöffnet irgendwo herumliegen… Lieber Gott, steh mir endlich bei!

„Kunst hat mein Leben zerstört!"

Der Spruch ist wieder da. Das unlösbare Problem des Geldes. Dann noch diese monströsen Bilder. Sie sehen gerade so grässlich aus, als würde Blut aus ihnen herausströmen, in dessen Flut sie dich ertränken wollen. Kein Wunder, dass niemand sie kaufen will. Weiter so und es gibt nur eine einzige Lösung: Fenster auf und springen!

Aber es gibt da noch die Musik. Dieses Mal PINK FLOYD, Sphären ohne Ende. Abtauchen in „Dark Side of the Moon", das Album schießt dich auf die Schattenseite des Mondes. Ohne Astronautenanzug und nackt. So läufst du mutterseelenallein auf der dunklen Oberfläche des Mondes und fühlst dich so einsam wie nie jemals zuvor. Die supergalaktische Einsamkeit der noch nie erlebten Art. Schrecklich kalt dort. Du schreist. Das kann aber niemand hören, da ist ja niemand. Noch nicht mal Gott. Für den Mond scheint er nicht zuständig zu sein, nichts hat er hier erschaffen, was an Leben erinnert. Oder ist hier ein anderer Gott zu Hause? Nein, es ist nicht schön auf Luna, andere Musik auflegen und zurück auf die Erde, das geht in Sekunden. Wie der Zufall es will, drückt Noah unbeabsichtigt den Radioknopf auf seiner Anlage und das Klassikradio ist am Start. Mozarts Zauberflöte. Szenenwechsel. Die Wiener Oper voller Kerzen und gepuderten Menschen, die so was von albern aussehen. Lebensgroße Puppen zum Leben erweckt. Selbst Kaiser Joseph II. ist anwesend. Mozart dirigiert ausdrucksstark, er fließt buchstäblich mit den Tönen dahin.

„Hey, Noah!" Mozart höchstpersönlich.

Auf der Bühne „Pa... pa... pa... pa... paaaaa-
aa......" der Mezzosopran will nicht enden.

Und auf einmal steht das ganze Gebäude in
Flammen. Es waren die Kerzen, natürlich, was
sonst. Noah hat es geahnt, bei so viel leicht ent-
zündlichem Material musste ja etwas passieren. Die
Oper brennt.

Wolfgang lacht und amüsiert sich prächtig: „Noah, mach mit, mach mit, juhu!"

Wobei mitmachen?

Pa... pa... pa... pa... paaaa... Die Soprane träl-
lern munter weiter, als wäre nichts passiert. Der
Kaiser flieht. Mit ihm die anderen edlen Leute
Wiens.

„Wolfgang... es brennt, lass uns hier raus!"

„Ha, ha, ha ... Hast du Angst, Künstler? Komm
mit."

Mozart führt ihn durch die Katakomben des
Theaters ins nächtliche Wien, direkt ins Bordell mit
Barockfrauen, Puder, Gestank und Fett!

„Hier", zeigt er ein Säckchen, „Gold, persönlich
vom Kaiser, toll, was? Für meine Oper. Such dir
eine Frau aus ... Die da, Anna. Ich zahle für dich
mit. Oder die in der Ecke, Maria, mit göttlichen
Brüsten, prall gefüllt mit Milch und Honig."

Der junge Mozart ist stets in Action, völlig
durchgeknallt der Kerl, nicht von dieser, nicht von
jener Welt, spricht, springt und schreit wie ein
Kind. Er ist schlimmer als ein Rock 'n 'Roller der
übelsten Sorte. Ein Asozialer. Psychisch gestört,
und wie! ... Er zieht sich nackt aus und pinkelt
über die prallen weiblichen Körper, dann zeigt er

allen seinen blanken Hintern. Alle lachen und pissen gemeinsam. Eine Urinorgie.

Die Oper im Radio ist zu Ende, Noah muss weg aus der Stadt.

Wien brennt, Hamburg friert. Seine Wohnung brennt auch, Vergangenheit und Zukunft verbrennen die Gegenwart. Er muss raus aus den Flammen der Gedanken.

Mitten zwischen den Flammensäulen seiner Gedanken kommt blitzartig der Geruch von Bratfisch auf. Jemand in der Nachbarschaft bereitet sich wahrscheinlich ein Abendessen. Der Geruch entführt Noah in Richtung Ozean (es ist bestimmt ein Hochseefisch, vielleicht ein Lachs) und so macht er gemeinsam mit den Lachsen eine Reise. Sie sind sehr freundlich und zeigen ihm, wie man als Fisch schwimmt. Herrlich ist das. Freiheit pur. Einige erzählen ihm etwas per Telepathie und Noah versteht es sofort. Die Rede ist von Gefahr auf hoher See. Immer aufpassen! Fischer sind mit ihren Netzen hinter ihnen her, Alarmstufe rot. Dann kommt tatsächlich ein Netz und er wird mitsamt des ganzen Lachsschwarms gefangen genommen, gefangen im Netz. Fürchterliche Erfahrung. Schnell raus hier!

Wenn die Vergangenheit und die Zukunft dich einholen, muss du dich der Gegenwart stellen! Die Straßen erstrahlen in einem Licht, als schickten es die Außenirdischen. Schwer, den Blick dagegenzuhalten. Jetzt dreht sich alles nur um dich selbst. Du bist die Welt und die Welt ist du. Welche Musik könnte dazu passen?

„Die ganze Welt dreht sich um mich, denn ich bin nur ein Egoist."

Das Liedchen von Falco trifft es auf den Punkt und es setzt sich fest im Kopf, wird immerzu wiederholt. Eine Endlosschleife. Der Egoist! Schließlich taucht er selbst auf, der Meister Falco – womöglich ist er Noah aus dem brennenden Wien gefolgt.

„Ich heiße Hans Hölzel, kapiert? HÖLZEL!"

Schreit Hans Falco Hölzel mit seiner Wiener-Schmäh-Stimme.

„H ö l z e l !"

Dann ist er schlagartig weg.

Die Menschen in der Bahn sind zwar still, aber ihre Gedanken sind so verdammt laut und störend. Jeder Gedanke hat einen üblen Gestank und jeder Gestank eine Farbe, mal trübe und mal kräftig urig. Wie die Farben in den Bildern von Francis Bacon, sie tauchen immer wieder dort auf und sie haben genau diesen seltsamen Mief. Eine Kadaverwelt der Verwesung.

Der Weg vom Bahnhof Dammtor ins Gängeviertel ist die reinste Qual. Die Lichter der aufgeregten Stadt summen, der Lärm der Autos hört sich an wie ein fürchterlich lautes Schnarchen. Hamburg schnarcht von allen Seiten und die Menschen gleichen Kakerlaken, die von der Stadt gefressen werden.

Noah rennt, um sich vor dem weit geöffneten Maul der Stadt zu retten. Die Rettung ist nah.

Plötzlich das Gefühl, ein fliegendes Objekt zu sein, die Schritte sind wie Sprünge, tausend Meter hoch. Und dann, nach gefühlt mehreren Stunden endlich das Viertel am Horizont. Verpackt in die Form des Raumschiffs Enterprise, das dabei ist abzuheben.

„Wartet, wartet auf mich!", schreit der säumige Astronaut.

Captain Kirk und Mr. Spock warten tatsächlich. Mr. Sulus Hand ist noch etwa vier Zentimeter vom Hebel entfernt. Schnell, schnell, jetzt die paar Meter noch … Jaaa, er schafft es in der letzten Sekunde und ist nun drin im Technikwirrwarr des Raumschiffs Enterprise. Im geschützten Bereich fühlt er sich deutlich wohler.

Bitte abheben, Mr. Sulu!

Im Atelier herrscht ein völlig anderes Zeit- und Raumgefühl. Das neue Bild hat im Moment keine Bedeutung, Geschehnisse der letzten 200 Jahre sind hier überall versteckt, tausende Gesichter wechseln sich in schneller Reihenfolge ab. Alle bekunden, dass Noah hier der König ist und derjenige, der das letzte Wort hat. Er ist der Mittelpunkt der Welt. Er entscheidet, wie es auf der Erde weitergeht. Möglicherweise hat er die Erde sogar erschaffen.

Ein Egoist. Ja, es ist zu 100 Prozent so, Herr Hans Hölzel. Wie in deinem Lied. Die ganze Welt dreht sich nur um mich. Ich bin der Anfang und das Ende.

„Schon besser, der Herr Künstler!", schmäht Hans Falco.

„Aber warum um Gottes Willen du? Was habe ich mir dir am Hut?", will Noah wissen, während er gemütlich auf dem Sofa Platz nimmt und sich eine Zigarette anzündet.

„Auf Wiedersehen!", trällert Falco und verschwindet in die zeitlose Weite des Universums.

Jetzt aufpassen und kein Lied mehr im Geiste trällern, es könnten viele, sehr viele zu Besuch kommen und sich im Atelier, an diesem heiligen Ort einnisten. Mit etwas Disziplin klappt es und es kommt niemand mehr, dafür aber sitzt eine Gruppe von Greisen mit weißen Rauschebärten am Tisch. Sie alle sitzen, rauchen Pfeife und schweigen beharrlich. Mehrere Gandalfs sind da. Was wollen die Herren? Vielleicht haben sie irgendeine wichtige Botschaft?

Sie schweigen weiter und der Gastgeber schweigt ebenso. Die Gedankenübertragung ist auch gestoppt. Willkommen im Klub der Schweigenden. Wo sind nur Sascha und Haldo? Sie könnten hier auf ihre Kosten kommen, besonders Haldo, das Schweigeseminar hier ist total seine Welt. Nach und nach verschwinden aber die alten Herren, einer nach dem anderen … Nur einer bleibt: Er trägt kein weißes Gewand wie die anderen, sondern einen karierten Frack mit Schleife, seine weißen Haare nach hinten gegelt, Schule zu Guttenberg (ohne den gekauften Doktortitel) und einen gealterten Hipsterbart. Er raucht Pfeife und starrt Noah ununterbrochen an, er will reden. Sein Kleidungsstil lässt auf das 19. Jahrhundert schließen. Noah ahnt schon, wer der Herr ist:

„Ich glaube, ich weiß, wer du bist."

„Ach ja?" Der alte Herr scheint nicht sonderlich überrascht, zündet immer wieder seine ausgehende Pfeife an. Aussprache hamburgisch, durch die Nase gesprochen und mit Platt-Attitüde.

„Wie soll ich dich nennen? Johannes? Herr Brahms? Oder Maestro?"

„Nenn mich einfach Hannes."

„Hannes, was machst du hier?"

Hannes Brahms steht auf und beginnt im Atelier auf und ab zu laufen, sehr langsam, und betrachtet dabei die Bilder:

„Ich komme von hier. Schon vergessen? Auch wenn das Gängeviertel ein auf ewig verfluchter Ort ist, ist dieser Platz dennoch meine einzige Heimat. Und du... tja, du bist mein Patenkind. Wir alle haben hier einige, auf die wir aufpassen."

„Wir? Wer sind wir?"

„Unwichtig. Du würdest vielleicht nur einen einzigen Namen kennen von denen, die hier wirken."

„Den Namen bitte."

„Rosa", Hannes setzt sich wieder hin.

Jetzt steht Noah auf: „Rosa?"

„Ja, die Luxemburg. Sie hat immerhin ihre letzte Rede hier gehalten und ist verliebter in eurer Projekt als ich."

„Revolution?"

„Revolution, mein junger Freund."

„Und wer ist der Auserwählte von Frau Luxemburg?"

„Das darf ich dir nicht sagen. Sie wird ihr Patenkind selbst finden, wenn sie es noch nicht getan hat. Nur so viel: Es ist eine Frau."

„Du unterstützt unser Projekt?"

„Ja, gewissermaßen. Aber... du musst dich entscheiden."

„Entscheiden?", jetzt setzt sich Noah auch hin und die beiden schauen einander tief in die Augen.

„Du wirst als einzelner Künstler nie übers Gängeviertel hinauskommen können. Nur als Teil einer Gruppe."

„Das ist nichts Schlimmes. Wir sind nun mal ein Projekt. Das Ganze ist wichtiger als die einzelnen Personen."

„Ich kenne deine Ambitionen, Noah."

„Was willst du damit sagen?"

„Als Künstler musst du weg aus Hamburg, in die weite Welt. Ich habe das auch getan. In Hamburg haben die hanseatisch-nüchternen, unsichtbaren Geldbarone/Pfeffersäcke das Sagen, und du wirst hier nie den großen Wurf machen."

„Nach Berlin wollte ich, aber dann kam das Gängeviertel."

„Ach, Berlin... vergiss Berlin. Berlin ist mittlerweile wie Hamburg in 5-facher Ausfertigung. Du bist anders."

„Wohin soll ich gehen, Hannes?"

Brahms macht eine kurze Pause und schaut sich wieder die Bilder an:

„Ganz schön energetisch, deine Bilder... Wien. Amsterdam. Barcelona. New York... Zumindest solltest du in diesen Städten ausstellen. Hamburg wird für dich wie ein Schrei in der Wüste bleiben, es hört ihn einfach niemand. Diese Stadt ist wie ein zickiges, hübsches Fräulein, das man nie zufriedenstellen kann."

„Wie Clara?" Noah zwinkert mit dem linken Auge.

„Clara?" Der alte Brahms ist etwas irritiert, „Du meinst... Clara Schumann? Ein frecher Junge bist du. Clara war etwas zickig, ja, aber ein Traum, die Frau. Ein Engel, wenn du es genau wissen willst."

„Aber trotzdem hast du sie verlassen."

„Ja! Es ging nicht anders. Ich habe mich für die Musik entschieden. Du gräbst ja Geschichten aus..."

„Nichts für ungut, Meister."

„Schon gut. Wenigstens wird an Clara erinnert. Na ja, sie war nicht die Einzige in meinem Leben... da war noch jemand... da wir im Viertel sind: Als ich noch jung war, sehr jung... Beatrice. Sie wohnte damals in der Speckstraße, genau wie ich. Ein kluges, bildhübsches Mädchen mit roten Haaren."

„Was ist aus euch geworden?"

„Nichts. Für die Liebe hatten damals die Menschen keine Zeit und vor allem keine Mittel. Schon gar nicht in diesem erbärmlichen Viertel mit diesen fürchterlich dunklen, endlosen Gängen. Die Liebe hatte in dieser Zeit nur Platz in den Herzen, aber niemals im Alltag."

Hannes steht wieder auf, wirkt etwas traurig und fast aggressiv, zündet wieder mal seine Pfeife an.

„Das tut mir leid, Hannes. Es muss damals sehr hart gewesen sein!?"

„Ich bin froh, dass ihr das Viertel gerettet habt. Wirklich."

„Einen kleinen Teil nur. Das meiste ist ja den Mafiasehnsüchten der Stadt zum Opfer gefallen."

Ja, ich weiß... Aber das ist vielleicht besser so. Außer Armut, Cholera und Ungerechtigkeit gab es hier ja sonst nichts. Und jetzt blühen Kunst und Gerechtigkeit. Toll!"

Die zwei genießen die Bedeutung dieser Worte ausgiebig und schweigen eine Weile. Herr Brahms tut dann so, als hätte er etwas bemerkt, riecht und begutachtet den Raum: „Etwas ist anders."

„Was meinst du?"

„Bevor ich gehe, will ich dir noch etwas mitteilen. Ich merke, dass einige Personen aus diesem Raum verschwunden sind."

Noah versteht immer noch nicht, was der Alte meint, was für Personen?

„Es sind sehr unangenehme Leute hier auf dem Gelände. Ich meine die Verstorbenen, die sich quasi als Energien hier rumtreiben."

„Ich habe neulich die Räume geräuchert."

„Das muss wohl gewirkt haben. Solltet ihr im ganzen Viertel machen, draußen sind noch viele, und ich kann dir versichern, dass es sehr üble Kreaturen sind."

„Warum eigentlich? Fühlen sie sich dort, wo ihr sonst seid, nicht wohl?"

„Sie hängen am Gängeviertel und kommen immer wieder zurück. Es gefällt ihnen nicht, was ihr aus dem Viertel macht. Sie wollen das alte Gängeviertel zurück, wie sie es kannten, das Ghetto."

„Ich werde sehen, was ich tun kann."

Hannes ist im Begriff zu gehen, aber es beschäftigt ihn noch etwas:

„Also, du hast einen der größten Komponisten vor dir und noch kein Wort über die Musik verloren!"

„Ich habe deine Musik geliebt."

„Welche denn? Ich habe viel komponiert."

„Deine Klaviersonaten. Habe ich viel in meiner Kindheit gehört. Eine sehr zerbrechliche, romantische Musik. Ich habe sie geliebt. Und die Hamburger Symphonie ist etwas ganz Gigantisches!"

Brahms mag das: „Danke. Das höre ich immer noch gern. Willst du vielleicht wissen, was ich von der modernen Musik halte?"

„O ja, bitte…"

„Ach, diese Pfeife… warum geht sie bloß immer aus", Hannes zündet noch einmal seine geliebte Pfeife an und lässt sich dabei reichlich Zeit… „Also, wo waren wir stehen geblieben?"

„Moderne Musik."

„Ach ja… weißt du, bis in die 70er und 80er konnte ich der modernen Musik noch folgen, aber danach wurde sie immer schlechter und schlechter."

„Synthiepop."

„Wie auch immer sie heißen mag. Sachen wie Hip Hop, elektronisches Zeug… Dieses fürchterliche Bum, Bum, Bum… Musik ist was anderes. Ihr solltet eine andere Definition dafür finden."

„Voll deiner Meinung."

„Aber da ich die Möglichkeiten habe, in die Zukunft zu sehen, es wird noch schlimmer werden."

„Geht es noch schlimmer?"

„Oh ja, das geht. In 30 Jahren werden dir die heutigen Hip Hopper wie die größten Komponisten vorkommen, im Vergleich zu dem, was noch auf euch zukommt. Auch die bildende Kunst wird nur noch Müll produzieren. Ich bin froh, dass ich nicht mehr lebe."

„Dann kann ich ja gleich mit meiner Malerei aufhören."

„Nö. Mach weiter. Zumindest für dich, Noah. Du hast ja das Glück, die Zukunft nicht zu kennen. So kannst du immer hoffen."

„Was bleibt mir anderes übrig?"

„Der sein, der du bist."

„Alles klar, Hannes."

„Na dann, bis denne, mein junger Freund."

Brahms verschwindet wie ein Zauberer, in dem Augenblick, als Noah eine Sekunde lang seine Augen schließt. Zu gerne würde er jetzt Rosa Luxemburg treffen, nach alldem, was Herr Brahms erzählt hat, dass sie ebenfalls hier vor Ort sei. Und dass sie ihre letzte Rede hier gehalten hatte, erhöht die Spannung. Kommt sie vielleicht auch zu Besuch?

Er weiß, wie die Situation wachzurufen ist, und geht hinaus, wandert durch die um diese Zeit (nach Mitternacht) völlig vereinsamten Höfe, begutachtet jeden Stein, jeden Zentimeter. Vor den Gebäuden hält er kurz inne. Diese Häuser haben es erlebt, sie haben ganz bestimmt noch viel zu erzählen…

ROSA

Dieses Mal sind die 20er dran. Das Viertel ist in Aufruhr, „Klein Moskau", wie das Gängeviertel zu jener Zeit genannt wird, wartet auf hohen Besuch der Revolutionsgarde: Rosa Luxemburg kommt. „Rosa, Rosa ist da!", flüstert die Menge, nachdem sie lange geduldig auf diesen Moment gewartet haben. Alle wollen sie sehen. Die Legende, ein Star im Gängeviertel. Sogar aus den entfernteren Regionen sind Menschen an diesem frostigen Sonntag angereist, um ihrer Rede beizuwohnen. „Was wollen die denn hier?", ärgern sich darüber die „Klein Moskauer". Schon damals waren die Hamburger den „Fremden" gegenüber in gewisser Weise hochnäsig, selbst im Gängeviertel. Fremd bleibt nun mal fremd. Die Tribüne steht irgendwo dort, wo heute Axel „Cäsar" Springer über die Neustadt wacht. Begeistert wird die Internationale geschmettert, das verstärkt den Zusammenhalt der Menschen. Gänsehaut pur. Rote Fahnen überall. Jetzt, nach dem Krieg, wo der Kaiser abgedankt hat, schöpfen die Menschen wieder Hoffnung. Noch nie war der Sozialismus so greifbar nah wie heute. In Russland ist schon Realität.

Rosa Luxemburg beginnt energisch und furchtlos zu reden, „es geht um eure Zukunft und nun ist es an euch, sie selbst in die Hand zu nehmen." Sie will natürlich gewählt werden, bald stehen Wahlen an und es ist eine ihrer typischen Wahlreden. Die Menschen schreien Rosa, Rosa, Rosa … Noah sieht nicht die echte Rosa Luxemburg vor seinem geistigen Auge, eher die heutige Linken-Politikerin Sarah Wagenknecht, die sich sehr bemüht, wie Rosa zu wirken. Er versucht, die moderne Kopie loszuwerden, aber Sarah ist zu hübsch. Sie will in seiner Vorstellung nicht weichen. Rosa hat natürlich keine Leibwächter, nur einige Genossen sind mit angereist. Es ist ihre allerletzte Rede, also darf sie nicht zurück nach Berlin, der Mörder wartet dort schon. Könnte sie nicht im Viertel bleiben? Als hätte die Menge Noahs Gedanken gehört: „Rosa! Bleib hier bei uns!", schreit eine junge füllige begeisterte Frau im Pelz. Auch Noah würde Rosa gerne mitnehmen und ihr ein Zimmer im Kupferdiebehaus geben, die anderen wären ebenfalls begeistert. Natürlich incognito. Aber sie muss weg. Ihre Rede ist kurz und ihr Schicksal besiegelt. Die Schüsse werden fallen, die Kugel steckt schon in der Pistole des Mörders, und so verstummen in Deutschland mutige Stimmen, sodass der Weg für das Böse einige Jahre später frei ist. Möglicherweise wurde sie bereits Schritt für Schritt beobachtet, vielleicht war ihr Mörder unter den Zuhörern hier im Viertel, vielleicht applaudierte er sogar eifrig mit.

Hey, ihr harten Jungs von „Klein Moskau", strengt euch doch an, ihr könntet seine hässliche Visage bestimmt erkennen, macht ihn fertig! Na los, worauf wartet ihr? Schnappt ihn euch und schmeißt den Kerl in die Elbe. So etwas tut ihr doch tagtäglich, macht euch endlich nützlich! Rosa darf nicht sterben. Auch Noah guckt eifrig hin und her, kann aber niemand Verdächtigen ausmachen.

Rosa bedankt sich sichtlich mitgenommen und verspricht wiederzukommen. Dann ist sie schnell weg. Die Menge zerstreut sich ebenfalls sehr schnell, vielleicht aus Angst von der Polizei. Im Nu ist es wieder leer und einsam im Viertel

Die Wirkung der Droge lässt langsam nach. Jetzt ist der Punkt gekommen, wo nur Alleinsein erwünscht ist. Vor allem keine Hallus und keine Wesen aus anderen Welten mehr. Weg mit euch. Noah ist immer noch im Viertel und es graut ihm vor der Vorstellung, ein bekanntes Gesicht zu sehen, und vor dem dann unausweichlichen Smalltalk. Das Gefühl, wie ein Monster auszusehen, macht sich breit. Noch schlimmer ist der Weg nach Hause. Zu gerne würde er sich jetzt einfach dorthin beamen lassen. Ab in den Kontrollraum der Enterprise und in Sekunden sich wiederfinden in seinem Heim und dann tagelang schlafen.

Vor seinem Haus, kurz vor Sonnenaufgang, hört er einen Schrei: „Revolution!" Das hat nichts mehr mit LSD, Hallus und Phantasiebildern zu tun. Der Mensch, der so herumschreit, ist real und dazu noch sein Nachbar, kämpfte einst für die Hafenstrasse und steht total bekifft im Dienste der Revolution.

„Komm, die Leute warten auf uns! Beim Altonaer Bahnhof, da passiert gerade Revolution."

Er meint damit, dass in diesem Augenblick einige Typen das alte Finanzamt von Altona besetzen wollen, das seit einigen Monaten leer steht. In seinem Redeschwall kennt er keinen Punkt und kein Komma. Wirres Geschwafel ohne Ende. Als hätte

ihn der Teufel aus der Abteilung Revolution persönlich entsandt. Er hört nicht auf und redet, redet,
redet, über sein Leben, das Leben der anderen und
über die banalsten Alltagsgeschehnisse. Ohne nur
eine einzige Geschichte zu Ende zu erzählen. Der
Typ hat regelrecht Gedankendünnschiss, der unaufhörlich raus will.

„Na, was ist, kommst du mit?"

Dann erzählt er wieder eine Geschichte, dann
wieder und wieder und wieder eine... Wenn Noah
nicht dazwischengeht, wird das hier nie ein Ende
haben. Hauseingangstür aufschließen und schnell
wieder zumachen, ehe der Kerl es schafft, ebenfalls
reinzukommen. Das funktioniert, der Revoluzzer
bleibt draußen und brabbelt weiter. Dann beginnt
er schräge Parolen zu brüllen.

13.
MINIRÖCKE UND KOCHTURBULENZEN

Einige Tage später eine Anfrage aus der Puppenstube:

„Hey, Jungs, am Wochenende findet in der Fabrik ein Musikvideodreh statt, sie haben 200 Euro gespendet und fragten uns, ob wir sie auch mit Essen versorgen könnten. Hättet ihr Lust, für 150 Leute zu kochen?"

Die ganze Welt will im Gängeviertel drehen, feiern und ausstellen, weil die Kulissen dort so einmalig sind und dazu noch so gut wie kein Geld kosten. Wer würde da nicht schwach werden? Außerdem inspiriert der Ort ungemein, manchmal spukt es auch. Im Kupferdiebehaus wurde von mehreren solchen Vorfällen berichtet. Wahrscheinlich sind es die Spukgestalten, von denen Hannes sprach. Angst hat aber niemand. Vielleicht weil das ganze Haus auf Dope ist. Ein gutes Mittel, um sich von Spuckattacken zu schützen.

„Machen wir!", ist die Antwort von Noah und Haldo.

Es ist ein sonniger Wintertag, undefinierbar, ob es warm oder kalt, gemütlich oder ungemütlich ist, das hängt vom persönlichen Empfinden ab. Das Empfinden aber ist genauso undefinierbar an diesem Tag. Also eine unklare Situation.

Zutaten bereits eingekauft, treffen sich die zwei im Viertel und freuen sich auf die neue Aufgabe. Die Leute rollen an. Menschliche Mäuse in Miniröcken, dazu viele südländisch aussehende Kerle mit kaum noch verbliebenen Augenbrauen. Der Produzent des Ganzen, ein netter Kerl am Rande bemerkt, denkt wohl, er würde mit seiner Produktion die Welt retten, anders ist sein Elan nicht zu erklären. Er will tatsächlich nach der Welt greifen, dem Oskar, dem Grammy und nach was noch allem. Noah und Haldo staunen nicht schlecht, als sie das Klientel sehen: zu 80 Prozent Frauen in Miniröcken und mit einem Gesichtsausdruck, den man sonst nur auf dem Kiez samstags um 3 Uhr morgens sieht. Im realen Leben, besonders im Gängeviertel, vergisst man, dass es solche Menschen tatsächlich gibt. Gedreht wird natürlich der übliche Dreck, der auf MTV und ähnlichen Horrorsendern läuft, mit viel Arschwackeln und piepsigen Stimmen.

Die zwei schütteln mit dem Kopf, aber es ist zu spät, ein Wort ist ein Wort und nun heißt es, für diese Leute zu kochen. Punkt! Augen zu und durch. Auch wenn die beiden denken – womit haben wir das bloß verdient!

„Magic ist the Life" mit und ohne Fleisch.

„Um 14 Uhr servieren wir es in der Jupi", verkünden also zwei Möchtegern-Köche dem hochgewachsenen Produzenten selbstbewusst. Er ist dankbar, für ihn läuft alles glatt im Leben, und nun diese zwei Typen, die aus einer Heilsarmee sein könnten. „Ihr seid toll! Das ganze Gängeviertel ist toll!" Dann gibt er seinen Untertanen das Kommando zur Action. Ein Hollywood-Lächeln vom Sonnyboy der braungebranntesten Art. Er muss sich um nichts bemühen, die Götter sorgen stets für ihn. Ein Auserwählter des Universums.

Viel nacktes Fleisch, prollige Narzissen und Kabel in Kilometerlänge, das ist im Moment das Bild in der Fabrik. Dazu noch ein beißender, süßlicher Parfümgeruch. So viel Energieaufwand für ein Video, das die Welt nicht braucht. Hoffentlich ist Herr Brahms heute nicht vor Ort und muss dieses erbärmliche Theater nicht mitansehen. Er würde sich aus dem jenseitigen Engagement für das Viertel bestimmt sofort zurückziehen.

Das Essen soll also in der Jupibar serviert werden. Dort wird auch gekocht, die Küche ist allerdings im Augenblick eine Zumutung, sie ist derzeit fest in der Hand vieler Vierbeiner, großer und kleiner ... Und die Katastrophe nimmt ihren Lauf. Alles, was sonst so leicht war und beinah von alleine gelang, unterliegt auf einmal der Erdenschwere. Der Schlüssel passt nicht ins Jupi-Türschloss. Haldo dreht rechts und links, zieht den Schlüssel raus, wieder rechts, links, drehen, rausziehen, wieder einstecken... Nichts zu machen. Gerade recht kommen zwei Typen aus einem der Nachbarhäuser und winken mit dem Schlüssel, der passen könnte. Es sind zwei, die stets ihr Bier in der Hand halten und mit ihren seltsam finsteren Mienen „Angst und Schrecken" im Viertel verbreiten. Es sind zwei von den „bösen Jungs", die bei jeder Aktion mit dabei sind. Sie haben die ganze Nacht gesoffen und nun brüllen sie lauthals und ohne jede Rücksicht die schrägsten Parolen. Sie könnten die Tür aufmachen, tun es aber nicht. „Das ist uns doch egal!"

Und ziehen einfach weiter. Dennoch passiert ein Wunder und das Schloss gibt irgendwann doch auf. Aufatmen. Die Jupibar sieht, wie alle anderen Veranstaltungsorte auch, tagsüber fürchterlich aus, besonders wenn die Sonne scheint. Chaos, Dreck, Gestank, eine dicke Staubschicht, Spinnennetze in den Ecken. Bestimmt haben in der Nacht viele Vierbeiner hier heftig gefeiert.

„Hier kochen? Das ist nicht dein Ernst?"

„Wir haben sonst keinen anderen Raum, die Küche ist Mäusehochburg", Haldo versucht Strom zu bekommen, betätigt eine Sicherung nach der anderen. Die Zeit läuft. Der Strom streikt. Es vergeht eine ganze kostbare Stunde, bis die beiden rauskriegen, von wo der Strom kommt. Ein falscher Griff und die beiden liegen auf dem kalten, dreckigen Boden und rühren sich nicht mehr. Die Uhr tickt, Haldo und Noah schwitzen trotz der klirrenden Kälte... Vielleicht ist das die Strafe dafür, unüberlegt Plastikmenschen bekochen zu wollen. Ihr wollt zeigen, wie cool ihr seid, Jungs? Die Gegendarstellung in Noahs Kopf: Selbst diese Plastikmenschen waren einst Menschen wie du und ich, und können es wieder werden. Vielleicht sind sie einfach in einer Orientierungsphase und verlassen bald wieder den glatten Weg des Plastik? Wir geben ihnen noch eine Chance. Vielleicht verändert das Gängeviertel ihr Leben. Ja! Wir sind cool. Ja! Wir sind die heißeste Nummer in Hamburg. Ja! Wir ändern gerade die Welt! Ja, wir sind anders als die anderen! Und das ist heute eure Chance!

Alternativ kann man mit einem Gasbrenner kochen. Mit dem legendären Gasbrenner, stets im Dienste der hungrigen Gängeviertelchaoten. Doch wo ist er nur? Sonst war er doch immer in Reichweite geblieben. Die zwei stellen das ganze Viertel auf den Kopf und suchen überall, ohne Erfolg. Der Gasbrenner hat sich davongemacht. Vielleicht steckt er ja in der Fabrik? Aber da toben gerade 150 Leute mit riesigem technischen Equipment herum, wie willst du da etwas finden? Okay, Noah und Haldo geben die Idee auf, aber wechseln doch noch in die gute alte Butze, wo wenigstens der Strom sicher ist. Als sie magere 2 Töpfe mit Wasser auf den schwachen Elektroherd stellen, ist es amtlich: Das wird nichts! Es braucht mindestens 3 Stunden, bis das Wasser zu kochen beginnt. Zu viele untrügliche ungute Zeichen für Noah, er ist genervt und schlägt Haldo vor, die Sache abzublasen.

„Nein", weigert sich Haldo, „das ist eine Sache des Prestiges!" Schon klar, die Küche ist sein Lebenswerk. Haldo ist die Küche, die Küche ist Haldo. Haldo ist MAACT. Eine Zauberinstitution, die in kurzer Zeit 150 Menschen bewirten kann, und das ohne Raum. Haldo hält also Noah davon ab, die Töpfe samt der Zutaten den Passanten auf der Straße vor die Füße zu kippen. Und um allseits die Gemüter zu beruhigen, beginnt er damit, in der Pfanne Rindfleisch mit Zwiebeln und Curry zu braten. Der Kerl hat's drauf, könnte als Mediator sein Geld verdienen. Der aufsteigende Duft des Fleisches besänftigt tatsächlich die beiden, und als er fertig ist, stürzen sie sich darauf, als wären sie ausgehungerte Wölfe, die plötzlich einen Kadaver finden und ihn mit unappetitlichen Geräuschen zu zerfleischen beginnen. Es wird direkt aus der Pfanne gegessen, mit den Fingern. Das gibt die nötige Energie (das Tier erwacht) und wie zur Belohnung taucht plötzlich auch der Gasbrenner wieder auf. Zu rekonstruieren, auf welchem Umwege er in die Küche gefunden hat, würde zu weit führen (hatte vielleicht Hannes seine Finger im Spiel?), stattdessen sollten sie endlich mit dem Kochen anfangen. Vorher aber lässt Noah den Produktionsleiter wissen, dass sie etwas mehr Zeit bräuchten, bis alles fertig sein, da die Umstände im Gängeviertel oft unberechenbar seien.

„Kein Problem, wir hätten auch nicht rechtzeitig die Pause geschafft."

Die Fabrik tobt, die Ärsche wackeln und der beißende Parfümgeruch erschlägt einen fast. Ob diese verwöhnten Mädels ein mit improvisierten Mitteln gekochtes Gericht gut finden werden? Noah beschleichen schwere Zweifel. Trotzdem wird weiter fleißig und auf die Schnelle gekocht, und eine Stunde später ist die Suppe fertig. (Eigentlich kann nicht von Kochen die Rede sein, eher von Schnippeln im Rekordtempo und hinein damit in den Topf. Zack, zack, zack, zack, aufkochen, Gewürze dazu, umrühren und fertig!)

Da es in der Küche zu wenig tiefe Teller gibt, haben Noah und Haldo Plastikgeschirr eingekauft, ohne dabei eine wichtige Kleinigkeit berücksichtigt zu haben, und damit rollt die nächste Katastrophe heran: Die Suppe landet in der Fabrik und ist so heiß, dass die dünnen China-Plastikteller zu schmelzen beginnen. Die Plastik weigert sich, von Plastikmenschen benutzt zu werden!

„Wir sind die größten Idioten, die die Welt je gesehen hat!", verkündet Noah und zwei verzweifelten Köche schreien so laut wie es geht: Ahhhhhhhh!

Das Gängeviertel wäre aber nicht das Gängeviertel, wenn man nicht eine Lösung parat hätte: die Suppe in Bechern ausgeben. Sieht zwar eklig aus, aber mit hungrigem Magen geht alles. Die Brühe schmeckt allen, die Crew ist begeistert und es hagelt Komplimente. Noah und Haldo probieren „Magic is the Life" und sind selbst genauso begeistert: die komplizierteste, und dennoch die beste Suppe aller Zeiten. Auch der Produzent ist überglücklich:

„Ihr seid alle so toll!"

14.
BAD VIBRATIONS

Der März ist ein schlimmer Monat, auch wenn er selbst nichts dafür kann. Vielleicht ist er in südlicheren Hemisphären dieser Erde ganz nett, aber in Hamburg und generell im Norden... Zum Erhängen grau. Es ist wie Februar verdreifacht.

Auch wenn MAACT jeden Donnerstag fleißig verschiedene Menüs anbietet, gibt es kein Entkommen aus dem Grau. Es nervt außerdem, dass die Spendenbereitschaft total abgenommen hat, manchmal müssen die Jungs die Lebensmittel aus eigener Tasche kaufen. Bad Vibes überall, in jeder Ecke, in jeder Seele.

Vielleicht ist es eine Prüfung durch höhere Mächte – wie lange haltet ihr noch durch? Die bösen Geister, von denen Meister Hannes sprach, lachen über uns, wahrscheinlich stellen sie überall unsichtbare Fallen auf und freuen sich über jeden, der hineintappt. Selbst die klirrenden Stäbe des Windspiels werden wieder aktiv, da nicht mehr miteinander geredet wird. Kein gutes Zeichen.

Auch die ihnen einst so wohlgesonnene Presse schweigt. Das von den Medien einst so verwöhnte Gängeviertel findet keinen Platz mehr in den Gazetten. Kein Interesse mehr, da nichts „Wichtiges" mehr passiert. Kein Futter mehr für die Sensationsgeier.

Aber auch von anderer Seite kommen schlimme Nachrichten. Der Bombaytyp mit polierter Glatze soll sich in seiner Wohnung erhängt haben. Der erste Tote aus dem Umfeld des Gängeviertels. Wie jetzt klar wird, war er in den 90ern tatsächlich ein berühmter Serienschauspieler gewesen. „Wir sehen uns im Jenseits", soll er in einem Abschiedsbrief geschrieben haben. Er wird dort erzählen, was aus dem Gängeviertel geworden ist, und sicherlich viele Fans im Totenreich gewinnen. Jetzt zeigt er wahrscheinlich von da oben auf das Viertel hinunter, alle verfolgen das bunte Treiben der Künstler und Freigeister und genießen es, irgendwann wollen sie alles selbst aus der Nähe sehen und bereiten einen Besuch in der Geisterstunde vor.

BAUPRÜF

Ein Freitag im März. Das Einzige, worauf sich die Menschen im Viertel noch freuen: sich so richtig besaufen! Die Partys sind geplant, fast in allen öffentlichen Flächen des Viertels außer in der Jupibar, wo erneut die Klos explodiert sind und tonnenweise Shit nach draußen befördert haben. Seit mehreren Stunden sind die Freiwilligen damit beschäftigt, die Exkremente zu entsorgen. Sie müssen schnell sein, der hohe Besuch ist da: die Bauprüfbehörde.

Auch wenn sie keine grauen Anzüge tragen (sie rücken eher im Handwerker-Style an), verbreiten sie mit ihren quadratischen Gesichtern die Aura der grauen Männer, sind im Dienste des Verbots unterwegs und wissen bereits vor dem Erscheinen im

Viertel, wie die Angelegenheit ausgeht: DEN BE-
TRIEB VERBIETEN!

Sie fangen in der Fabrik an und begutachten in
Begleitung der Bewohner des Viertels alle Türen,
Keller, Durchgänge und fehlenden Ausgänge.

Ihre Gesichter schreien: Das darf doch alles
nicht wahr sein!

Aber hinter vorgehaltener Hand hegen sie auch
eine gewisse Sympathie für das Projekt. Doch der
Beruf verpflichtet. Fazit: Hier dürfen sich keine
großen Menschenmengen versammeln. Keine Partys mehr! Die Notausgänge fehlen.

Die Herren sind regelrecht entsetzt. Stellt euch
vor, ein Brand? Eine Panik bricht aus. Was dann?
Jede Kleinigkeit wird bemängelt. Wir sind ja
schließlich in Deutschland des 21. Jahrhunderts,
und diese Umstände hier … Nein, das geht gar
nicht! Bis auf die Ausstellungen verbietet das
Bauprüf jede andere Veranstaltung mit Menschen.
Und noch etwas:

„Uns ist zu Ohren gekommen, dass ihr hier eine
Vokü betreibt und für viele Menschen kocht."

„Ach ja?" Der energische Lockenkopf gerät in
Panik, er weiß nur zu gut, dass die Verhältnisse in
der Küche bis ins frühe Mittelalter zurückreichen.

„Viele schwärmen davon, dass hier so lecker
gekocht wird."

„Na ja…"

„Dürften wir vielleicht die Küche sehen?"

Der graue Mann fährt fort:

„Nicht, dass es unsere Aufgabe wäre, dafür ist ja
das Gesundheitsamt zuständig."

„Um ehrlich zu sein, wir haben im Moment keine Küche", sagt der Lockenkopf.

„Keine Küche? Aber wo kocht ihr dann?"

„Das ist schwer zu erklären... so eine Art mobile Küche, mal hier, mal da."

„Mobile Küche? Verstehe. Ihr Künstler!"

Die grauen Männer sind weg und hinterlassen ein generelles Verbot für Partys, auf das natürlich niemand hören wird. Das würde nämlich bedeuten, keine Einnahmen mehr fürs Viertel. Eine mittlere Katastrophe.

*

„Ich hab sie doch hinter den Schrank gelegt!"

Sagt ein entsetzter Ludovico zum genauso entsetzten Noah nebst Haldo. Es geht um die Kasse. Um durch Spenden (fürs Kochen) mühsam erarbeitetes Geld, das eigentlich für die neuen Töpfe gedacht war: um 300 Euro. Das Geld ist weg. Schon wieder.

Fassungslosigkeit. Geklaut im Gängeviertel, wahrscheinlich von eigenen Leuten. Es gibt einen Verdacht, aber ohne stichhaltige Beweise ist es sinnlos, irgendetwas Konkretes zu äußern.

Willkommen im Gängeviertel! Vielleicht im wahren Gängeviertel, so wie es hier vor langer Zeit zuging – klauen, betrügen, schlagen, prügeln, demütigen. War das nicht der wahre Geist eines heruntergekommenen Ghettos? Diebe, Geisteskranke, Betrüger, Draufgänger, Kriminelle jeglicher Art.

Der uralte Geist lebt wieder auf. Mit dem Zurück-
weichen des langen Winters kehren die seltsamen
Typen zurück, viele Gestrandete aus allen Ecken
der Welt. Die Insel der Freiheit ruft! Das Echo ist
in die weite Welt geschallt. Und sie kommen und
kommen, belagern das hoffnungslos überfüllte
Hostel. Einige sitzen oft stundenlang wortlos vor
dem Ofen in der Jupibar und denken nach, sehr
lange denken sie nach. Manche bieten den Einhei-
mischen verschiedene Drogen an und hoffen wahrscheinlich, sich dadurch beliebt zu machen. Von
Hasch bis Speed, alles, was das Herz begehrt. Oder
auch umgekehrt:

„Hey, wo kann man hier Drogen kaufen?"

Diese Frage ist allgegenwärtig und Noah kann
sie nicht mehr hören. Natürlich weißt du, wo und
bei wem Drogen zu kaufen sind, aber weißt du
überhaupt, wer der Fragende ist? Vielleicht ein
Spitzel? Einer aus der Redaktion der Bildzeitung?

Deswegen die Antwort:

„Es gibt hier keine Drogen. Hast du vielleicht
welche?"

Sie sind enttäuscht. Ohne Drogen ist das Ganze
dann doch nicht das Wahre. Drogen sind in. Nicht
die bewusstseinserweiternden, eher die Partydro-
gen, die Power spielt keine Rolle, Hauptsache in
Sekunden high, es muss knallen.

Und die Ratten? Diese Ureinwohner des Viertels
haben die Pest überstanden, Hunger und Cholera,
den Hamburger Brand, sogar zwei Weltkriege, aber
diese bunte Künstlerschar ist womöglich zu viel für
die kleinen Nager. Vielleicht lag es an der fehlenden

Kommunikation. Sie sind weggezogen oder verstecken sich in den dunkelsten und für die Menschen unerreichbar tiefen Schichten des Viertels. Dafür tauchen immer mehr Katzen auf und beobachten das Geschehen mit sehr viel Skepsis. Besonders ein dicker schwarzer Kater, Sandro. Vielleicht ist er ebenfalls Künstler, im Katzenuniversum. Wie alle Katzen ist er auch nachts aktiv und lungert herum, streunt immer wieder um die graffitibesprühten Außenwände und sinniert. Sogar in den Galerien des Viertels wurde er gesichtet, alles sehr aufmerksam beobachtend. Falls er doch kein Künstler im Katzenuniversum ist, dann war er möglicherweise in einem früheren Leben ein Mensch, eben ein Künstler. Vielleicht ein namhafter, vielleicht auch ein unbekannter. Wer weiß schon, wie viele Künstler, deren Namen uns unbekannt sind, in den vergangenen Jahrhunderten ihren steinigen Weg gegangen sind, ohne dass je ein Mensch von ihnen Notiz genommen hat. Aber lasst uns diese Gedanken weiterspinnen und annehmen, der Kater-Künstler ist doch ein berühmter gewesen. Nicht aus Hamburg, eher aus südlichen Gefilden. Vielleicht Botticelli. Sieht der Kater ein hübsches Mädchen ins Viertel kommen, bleibt er sofort stehen und studiert aufmerksam ihre weiblichen Rundungen. Schließlich musste Sandro zu seinen Zeiten als Mensch sehr viel von den Frauen und ihren Körpern wissen, um so herrliche Madonnen malen zu können. Sandro braucht jetzt natürlich die Kunst nicht mehr, die hat er hinter sich, aber all diese Künstler und vor allem die kreative Energie lassen sein Herz wieder höher schlagen, die alten Zeiten werden wieder wach. Wenn er jetzt wieder Mensch wäre... Mit all seiner Erfahrung und seinem Können.

Miau... Sandro kann Noahs Gedanken lesen und lässt ein Miau nach dem anderen hören. Noah streichelt ihn und der sonst so distanzierte Sandro bleibt stehen und guckt tief und eindringlich in Noahs Augen. Der Künstler tut ein Gleiches. Leider vermag er es nicht, in den Katzenaugen die Vergangenheit zu lesen, er sieht dort keine nackten Madonnen, keine Farben, aber irgendetwas versucht der Kater ihm mitzuteilen. Was denn, Sandro, sag schon, sag bitte, was liegt dir auf der Seele?

Miau...

Gefällt ihm die moderne Kunst? Oder ist er nur wegen ihr verstummt und schockiert angesichts all dieser platten, schablonenhaften Malerei? Ist das alles zu viel für ihn?

Es könnte auch ganz anders sein. Vielleicht wurde Sandro ins Gängeviertel geschickt, um heimlich mit seiner Energie und Aura die Menschen zu inspirieren. Weniger Politik, mehr Kunst. Von einer höheren Macht gesandt, von der die Menschen nicht die leiseste Ahnung haben. Brahms, Rosa, Sandro und wer weiß noch wie viele andere, die hier vor Ort sind, alles dieselbe Geschichte. Nur die Ratten sind die Verlierer, sie mussten weichen. Aber wie es im Leben so ist, einer verliert immer. Es ist einfach nicht die Zeit der Ratten. Sie müssen auf andere Zeiten warten oder zu den Punks in die Gaußstraße gehen.

190

Sandro braucht nichts zu tun, nur da sein, nur miauen und beobachten. Ein toller Job. Futter hat er hier genug, Haldo kauft sogar jede Woche Katzenfutter für ihn ein und er nimmt es dankbar an. Neulich nahm ihn Noah mit in sein Atelier und zeigte ihm seine Bilder. Sandro schwieg und gähnte. Er hatte Hunger und wie immer war das Atelier leer und kalt. Das missfiel dem Kater, mit nüchternem Magen ist jede Kunst nur halb so geschätzt.

Miau… sprach Sandro.

Noah begann einiges zu erklären und bekam von Sandro einen Blick, der sofort klarstellte: Keine Erklärungen bitte, die Kunst spricht immer für sich selbst. Also schwieg Noah, während er ihm ein Bild nach dem anderen zeigte. Sie schwiegen gemeinsam, bis Sandro genug gesehen hatte und raus wollte, er zwinkerte mit einem Auge, als wolle er sich bedanken, und wunschgemäß wurde er nach diesem kurzen Atelierbesuch in die geliebte Freiheit entlassen.

Sandro rannte in die Jupibar und gesellte sich zu dem heimatlosen Gerhard, der im Jupi die Stellung hielt und wie üblich schwieg. Nun schwiegen Sandro und Gerhard gemeinsam oder kommunizierten womöglich miteinander per Telepathie. Als Noah dazu kam, bot ihm Gerhard einen Monster-Joint an. Noah wollte kein Gras, ein Bier reichte vollkommen.

Im Jupi lief Musik wie immer. Gerhard hatte damit nichts zu tun, er genoss sie nur. The Doors wurden gespielt und da Noah unsterblich in die

Musik und Poesie von Jim Morrison verliebt ist, musste er jetzt etwas sagen:

„Hast du bestimmt in deiner Jugend viel gehört."

Der Satz war an Gerhard adressiert.

„Wer damals die Doors nicht gehört hat, hat am Leben vorbei gelebt!", antwortete der.

Womöglich hatte Gerhard ein aufregendes Leben in den Sixties. Möchte man glauben. Egal ob er Hippie, LSD-Freak, Friedensaktivist oder Dutschke-Anhänger war, im Jahr 2010 ist das alles komplett vergessen oder bedeutungslos, nur das Heute zählt. Und das Heute ist das gemeinsame Schweigen mit Kater Sandro und eine bruchstückhafte Erinnerung an die fernen Doors. Zusammensitzen in einer abgewrackten Bar namens Jupi. Für jüngere Menschen sehr aufregend, aber für einen alternden Hippie? Na ja… Irgendwann endet man immer irgendwo.

*

Die Lage ist kritisch! Bislang nur ein einziges Bild im Atelier gemalt. Dabei hat Noah endlich ein schönes Atelier, die Stimmung ist mehr oder weniger bohèmienhaft, Zeit ist auch reichlich vorhanden. Leinwände, Farben, Licht, alles vorhanden. Selbst Sandro Botticelli wurde ihm gesandt, Brahms passt auf ihn auf. Was also bitteschön hält dich ab, ein weiteres Bild zu malen? Was ist aus dem Atelierleben geworden? Wo sind deine Mitbewohner, die beiden Jungs? Wo sind die großen Pläne für ein

Rock 'n 'Roll-Leben? Wo sind die Partys? Wo ist die Kunst? Die nackten Modelle? Groupies?

Die Kälte hat alles zunichte gemacht. Noah ist allein und das verwaiste Atelier macht ihn noch einsamer. Zu gerne würde er jetzt in Sandros Haut, besser in seinem Fell, stecken, Sandro hatte als Mensch Meisterhaftes geleistet und kann nun als Kater das Dasein genießen, muss sich nicht mehr rumquälen.

„Sandro, wollen wir nicht die Rollen tauschen?"

Sandro schweigt.

„Nicht mal für einen Tag?"

Es ist höchste Zeit, sich aus dem Gängeviertel zurückzuziehen. Die Schwingungen sind nicht mehr auszuhalten. Das Viertel wird für Noah langsam zu einem Monster, zum Gefängnis. Einfach zum Heulen! Er muss hier schnellstmöglich raus!

LOST

In seiner Wohnung in Ottensen verbarrikadiert, kämpft Noah nun mit anderen Teufeln. Was tut man zum Beispiel, wenn man nichts zu tun hat? Wenn die heilige Inspiration den Weg in die Klospülung gefunden hat? Wenn das Gefühl sich breit macht, von niemandem gebraucht zu werden? Wie verkraftet man das süße Nichtstun?

Man beginnt zu fressen!

Und du staunst, wie viel in einen Menschen hineinpasst. Vielleicht ein Loch im Magen? Nach den Mahlzeiten immer verschiedene Ekligkeiten wie

Chips, gesüßte Nüsse, billige Trockenfrüchte... Schon kurze Zeit später, weil immer noch nichts zu tun ist, schmierst du Butter aufs Brot und legst irgendeinen Aufschnitt drauf, für den ein Tier auf fiese Art ermordet wurde. Trotzdem: immer noch nicht genug! Ein Kuchen wäre der perfekte Abschluss und dann könnte man getrost ins Bett gehen und den Tag ein für allemal vergessen. Es ist aber kein Kuchen da. Das macht nichts, die Kioske in Altona haben bis 2 Uhr nachts auf. Also beweg deinen Arsch und hol dir was aus der Tiefkühltruhe. So weht dir wenigstens etwas frische Luft um die Ohren und du machst einen Verdauungsspaziergang, außerdem regnet es, und diese Regentropfen könnten zur irgendeiner Inspiration beitragen. Oder du könntest jemanden treffen, der dein Leben im Nu verändert. Zum Beispiel eine Frau, der es genauso geht wie dir und die sich auch einen Kuchen kaufen geht. So könntet ihr zusammen Kuchen essen und hinterher in eine Bar gehen.

Die Szene könnte ungefähr so ablaufen:

Beide bücken sich über die Tiefkühltruhe, um ihren Kuchen auszuwählen, und bums! Was für ein Zufall! Und dann den Künstler-Charme einsetzen, falls die Frau nicht schon weg ist.

Nee, alles streichen! Zu Hause bleiben und ein Omelett machen. Und wenn es unbedingt süß sein muss, dann ein Nutellabrot und hinterher Marmelade. Zum Schluss noch eine Cola, dann aber muss der Bauch wirklich voll sein.

Am nächsten Abend kommt Sascha nach langer Abstinenz wie immer unangemeldet und bringt eine ganze Menge Ritalin mit. Passt wie die Faust aufs Auge.

„Wo warst du die ganze Zeit?"

Sascha sagt nichts, sieht ziemlich heruntergekommen aus und raucht wie immer Unmengen an Zigaretten, eine kaum geraucht, wird schon die nächste angezündet. Irgendwann entlockt ihm Noah einiges aus seinem Privatleben und er erfährt, dass der schweigsame Sascha eine Weile auf der Straße gelebt hat.

„Wie jetzt, hast du deine Wohnung verloren?"

Nein, er kann nicht mehr in seiner Wohnung pennen, es geht einfach nicht, warum, weiß er nicht. Letztens hat er es wieder versucht und es klappt einfach nicht.

Noah schlägt ihm vor, die Wohnung zu räuchern, vielleicht hätten sich dort seltsame böse Energien eingenistet. Sascha schweigt wieder und beginnt das Ritalin zu zerkleinern. Die übliche Nummer, Geldschein, Nase und in Minuten ein Gefühl der Unbesiegbarkeit. Was in den Gehirnzellen gespeichert wurde, all das passive Wissen, drängt nun ungefiltert nach oben und du staunst über den schlauen Philosophen in dir.

Sascha will immer noch einen Film drehen und braucht deshalb Geschichten. Noah bietet ihm seine Storys an, doch sie sind Sascha zu negativ, enden doch alle mit dem Tod.

„Das Leben endet nun mal mit dem Tod!"

„Schon, aber ich will ein Happy End."

„Es gibt kein Happy End im Leben."

„Aber im Film!"

Unter Amphetaminen erscheint jeder Satz, jedes Wort sehr bedeutend. Alles nur Mögliche wird auf höchster philosophischer Ebene gesehen, besprochen und analysiert.

Nach derlei tiefgründigen Gesprächen wollen sie eine Abendtour durch die Galerien machen. Es ist Freitag und es gibt viele Vernissagen in der Stadt. Der Weg führt ins Portugiesenviertel, wo ein Künstler aus Leipzig seine abstrahierten Architekturbilder ausstellt. Nichts Neues, dafür aber gutes Handwerk. Für die zwei ist aber der Galerist die Attraktion: fett, graue lange Haare, weiße Klamotten und ein knallrotes Gesicht. Ein Gourmet, der sich gerne in die Kunstwelt einmischt. Einer, der wahrscheinlich alle Künstler, die nicht trendy sind, ablehnt. Er hat Kunst gefressen. War vielleicht im früheren Leben ein Hummer.

Er scheint die Phantasie von Sascha zum Blühen zu bringen:

„Stell dir vor, wenn er irgendwann vor Gott steht."

„Im Jenseits?"

„Im Warteraum vom Jenseits."

„Gott würde sich für ihn keine Sekunde Zeit nehmen, bei dem Miesen, was er für uns Künstler tut", bemerkt Noah zynisch.

„Dann der Teufel."

„Der noch weniger. Für den Teufel ist der Kerl nur im Diesseits interessant."

„Und wenn du ihm deine Bilder zeigst?"

„Aussichtslos. Er würde nur abfällig grinsen."

Er würde die Bilder nicht mal mit seinem fetten Arsch ansehen. Zeig ihm aber ein schwarzes Quadrat mit einem einzigen kleinen weißen Strich irgendwo in der Ecke, und er würde darüber eine Doktorarbeit schreiben, wenn er die nicht schon längst in der Tasche hat.

Der Galerist guckt schon feindselig, als wenn er die Gespräche der beiden mitgehört hätte. Er hat wohl bemerkt, dass die zwei nicht in das Ambiente seiner Galerie passen, und fordert die beiden nun vermittels seiner Schwingungen auf, diese zu verlassen. Das tun sie auch und sind nun in Richtung einer weiteren Galerie in der Nähe unterwegs. Sie ist proppenvoll, meist junge Leute, Sorte Hipster. Contemporary Art. Das Wort hat sich in der zeitgenössischen Kunst brutal durchgesetzt und ist jetzt bereits dabei, wieder zu verschwinden. Es sind hübsch verpackte Dosen ausgestellt mit Titeln wie „Stuhlgang", „Brechzeug", „Urin" und so weiter. Das junge Publikum ist ohne Wenn und Aber begeistert, es trifft punktgenau deren Philosophie, deren Lebensstil, deren Weg. Anscheinend wird hier große Kunst gezeigt. Eine Sensation. Wo ist der Galerist? Aha, da ist er doch, ein selbstgefälliger Snob der sehr besonderen Art. Könnte ein Bruder von Frankie goes to Hollywood sein, der mit dem „Relax, don't do it"…

Noah würde gerne wissen, ob der Galerist pervers ist, und fragt ihn auf den Kopf zu.

Frankies Bruder lacht relaxed: „Ach, Mann, du hast nichts begriffen, aber süß."

197

„Hauptsache, du hast es begriffen, Bruder!"

„Die Kunst ist, Gott sei Dank, frei, und alles, was vom Menschen ist, ist auch Kunst. Du bist auch Kunst. Ach ja, falls du kotzen willst, da sind die Toiletten."

„Ich nehme an, es gibt eine große Schlange vor der Tür."

Er lacht und geht. Wirft noch einen Satz in den Raum:

„Genauso war es auch vor 150 Jahren mit den Impressionisten... Nicht zu fassen."

Jeder Mensch hat seine eigene Wahrheit. Jedem gefällt die Opferrolle. Sie selbst wissen es ganz genau, nur die anderen nicht. Diese scheiß anderen. Sie sind doch immer Schuld, die anderen. Ihretwegen ist diese Welt so doof, diese scheiß anderen. Wenn die nur nicht wären...

15.
GOOD VIBRATIONS

Die Sonne ist zurück, kräftiger und wärmer denn je. So wie es in Hamburg üblich ist, gab's keinen Frühling, keine Vorwarnung, und auf einmal ist der Sommer da, statt 5 Grad plötzlich satte 22. Die Menschen im Viertel sitzen draußen vor den immer noch durchgekühlten Gebäuden und schwören dem riesigen Gasplaneten da oben am Himmel die ewige Treue. Es ist die Stunde der Sonnenanbeter.

Es könnte ein Sommer der Liebe werden.

Den harten Winter haben mehr oder weniger alle in Würde überlebt, es gibt keine Toten im Viertel zu beklagen und niemand ist zum Kannibalen mutiert. Es gab noch nicht mal einen einzigen Fall von Lungenentzündung.

Noah nimmt den Weg ins Viertel, zu Fuß. Auch wenn er sich früher nie eingestanden hätte, dass das Wetter so enormen Einfluss auf ihn hat, ist er sich dessen jetzt völlig sicher: Die Sonne tut einfach gut! Endlich keine Jacke mehr, kein Schal, kein Frieren und vor allem die herrliche Perspektive, bald malen zu können ohne beißende Kälte und klamme Finger. Die Stadt hat sich entblößt, besonders die Frauen, Beine ohne Ende. Ein Paar schöner als das andere. Endlich Farbe in der Stadt. Jeder Blick ist ein Bild, es einfach festhalten und dann auf die Leinwand übertragen. Und plötzlich ist niemand bei seiner Arbeit, alle flanieren und sitzen in den Cafés. Als hätten die Chefs, ebenfalls von Wärme und Sonnenschein euphorisiert, allen ihren Angestellten freigegeben – geht hinaus und genießt den herrlich schönen Tag. Für Künstler natürlich wieder ein Bärendienst vom Wetter. Eine Falle. Wer hat schon Lust, sich bei herrlichem Sonnenschein im Atelier zu verkriechen und mit den Farben zu kommunizieren, während da draußen die weibliche Welt so sehr nach Liebe trachtet?

Hinten, wo Gängeviertel endet, also in der Speckstraße, wurde so eine Art Tribüne gebaut und das Speckhaus in strahlendem Gelb gestrichen. Nun sitzen dort tagelang die fast entblößten Menschen aus dem Gängeviertel und sonnen sich wie auf Ibiza. Ein mobiles Schwimmbad wurde auch angeschafft. Die Menschen in den Glasbetonpalästen auf der anderen Seite der Straße schauen wohl voller Neid herüber, während sie sich weiter hinter ihren Schreibtischen knechten. Vielleicht sind sie aber auch froh, nichts mit dem komischen Haufen hier zu tun zu haben und gesichert und tüchtig im Glas zu sitzen. Das Gehalt kommt pünktlich und irgendwann im Sommer werden sie entspannt ein ähnliches Feeling auf Mallorca erleben. Aber hier doch nicht, im heimischen Hamburg... Das brave Hamburg hat immer noch Angst vor der Hippieinsel mitten in der Stadt, trotz der vielen Sympathiebekundungen. Sie lassen gewähren, aber wollen keinen Fuß ins Gängeviertel setzen. Von neugierigen Kurzbesuchen an langweiligen Sonntagnachmittagen mal abgesehen. Sie könnten sich ja infizieren, und dann wäre alles verloren. Das ganze saubere, berechenbare Leben. Vor allem ihr Selbstbetrug würde auffliegen, die Lüge eines gesicherten Lebens, der Illusion. Und das könnte schlimme Folgen haben, sie würden vielleicht zu saufen beginnen und Amok laufen, die eigene Familie umbringen und dann vielleicht die Menschen im Gängeviertel einen nach dem anderen. Und das will niemand. Besser sie bleiben im Glas, damit das Gleichgewicht gewahrt wird.

*

Die Entscheidung für den heiligen Donnerstag ist gefallen: Heute wird etwas mit Fleisch gekocht. Endlich mal etwas Neues. Auch wenn das eine Todsünde ist. Die Nachricht verbreitet sich in Windeseile. Es gibt Fleisch. Fleisch. Fleisch. Sie schlägt ein wie eine Bombe. Das gab's noch nie, Fleisch am Donnerstag. Ist das nicht ein Skandal?

Haldo und Noah haben mehrere Hühner eingekauft, schon ohne Kopf, halb gefroren und mit leicht bläulicher Haut, und nun sind sie im heißen Kochtopf gelandet. Bei der Essensausgabe ist die Schlange lang, alle, die Fleisch mögen und sonst nie zum Essen kamen, weil es bislang keine toten Tiere gab, sind nun da und stehen mit den Tellern in den Händen und extra geschärften Zähnen. Ein Skandal aber bleibt aus. Nur die wenigen Vegetarier sind verärgert und die Küchencrew in ihren Augen Verräter.

Die Fleischliebhaber stürzen sich regelrecht auf das Fleisch und können nicht genug bekommen.

Ludovico hat nach langer Pause wieder seine Pfannkuchen gezaubert, einen Obstsalat gibt es außerdem, und es fehlt nur noch eine Winzigkeit, bevor alle platzen. Essen ist Kult. Essen ist Liebe. Essen ist Kunst! Essen sind wir!

Die Fabrik ist überfüllt, die Fleischorgie in vollem Gange. Den sommerlichen Temperaturen ist es zu verdanken, dass der Ansturm an Mädchen, die im Gängeviertel schnippeln und kochen wollen, wieder zugenommen hat. Fast so wie in den Anfangszeiten. Das erleichtert der MAACT die Arbeit, und Haldo und Noah können es sich sogar leisten, die Essensausgabe anderen zu überlassen. Entspannt stehen sie hinter dem Tresen und bedienen die Menschen mit Getränken. Es macht Spaß, hinter der Bar zu stehen.

Nach dem Essen gibt es ein Kulturprogramm, eine schwedische Band spielt sehr außergewöhnliche, schräge Musik. In der Art von „Sigur Ros". Schwer verdaulich, aber innovativ.

„Das erinnert mich an die Marquee-Club-Zeiten, London 1969", sagt ein etwas älterer eleganter Herr am Tresen. „Gestatten Sie? Ich bin Lou. Lou Ziffer."

Lou ist schon früher aufgefallen. Soll die 60er und 70er so hautnah erlebt haben, dass er immer noch davon schwärmt. „Das erlebst du nirgendwo in Hamburg. Nur hier im Gängeviertel."

Er ist begeistert vom Viertel und beteuert, trotz seines Namens nichts mit dem Teufel zu tun zu haben. Aber der Teufel hatte bestimmt seine Hände im Spiel, als Lou zur Welt kam. Sein Name ist ein Künstlername, er ist Fotograf. Er erwähnt Namen aus einer Zeit, die dem jungen Volk nichts mehr sagen. Marquee Club, COLLOSSEUM, Jon Hiseman, Miles Davis, Alexis Korner … Die Gnade des späten Alters, meint der Herr und hofft auf eine Portion Neid von Seiten der Jüngeren, schließlich hat er die wahre Klasse und das Wilde im Rock 'n 'Roll gesehen! Er hat's gelebt. Er hat Jimi Hendrix live gesehen … Na und, dass er jetzt Falten und weniger Haare auf dem Kopf hat? Na und, dass er jetzt Rentner ist? Na und, dass Weiber ihn nicht mehr interessieren?

Wenn er eine seiner langen Geschichten erzählt hat (Reisen quer durch Marokko und Indien oder seine Begegnungen mit Gitarrenguru Alexis Korner in London), guckt Lou Ziffer seinem Gegenüber scharf in die Augen, als erwarte er eine sofortige Reaktion darauf. Eine Anerkennung dessen, was er gesehen und erlebt hat. Ein Wow genügt nicht, du musst genauso viel zu erzählen haben, damit er dir gleich eine weitere Geschichte erzählen kann, aufbauend auf deiner. Lou ist Jazzfan und will im Gängeviertel einen Jazzklub gründen. An einer Clubgründung sind allerdings viele vor ihm schon gescheitert. Aber lasst ihn träumen.

Lou Ziffer, wahrscheinlich der älteste Gängster heute, genießt die Livemusik. Noah schiebt ihm einen Kurzen nach dem anderen hinüber, während er sich und Haldo selbst einen nach dem anderen genehmigt. Jägermeister ist das Getränk der Stunde.

Dieses Mal wurde viel gespendet. Dank eines Schildes, das Noah in Eile im Stile seiner expressiven Malerei gemalt hat:

„2 Euro Spende wäre toll".

Winter, Lethargie und Bad Vibrations gehören nun eindeutig der Vergangenheit an. Die Musiker haben viele Verehrerinnen (hießen die früher nicht Groupies?) aus Schweden mitgebracht und es wimmelt nur so von Blondinen mit langen Beinen und Dauerlächeln. Sie regen die Phantasien der Jungs an. Augenblicklich sind wir alle Schweden.

SEELENGESANG

Die Abendsonne ist hinter den Glasfassaden verschwunden, aber sie wärmt immer noch. In der Brache zwischen der Fabrik und dem Kutscherhaus hat sich das bunte Volk versammelt, um der Band zu lauschen. Die Stimmung ist mystisch. Eine Sängerin mit langem, wahrscheinlich selbstgenähtem Kleid, wie nicht aus unserer Welt, sitzt in der Mitte und singt, nur eine Gitarre, die eigentlich wie eine Harfe klingt, begleitet sie. Voller Hingabe und Dankbarkeit lauschen die Menschen des Gängeviertels. Die warme, archaische Stimme der Sängerin öffnet die Herzen der Zuhörer, ob jung oder alt, und sie beginnen nach innen, in ihre Seele zu schauen. Eine kollektive freudig-zerbrechliche Traurigkeit breitet sich aus. Der Gesang des Mädchens schickt die Menschen in die Welt der Kelten und Druiden... Selbst die stets hastenden Manager und Geschäftsleute von der anderen Seite bleiben irritiert stehen. Auch sie nimmt diese einzigartige Stimmung voll mit auf die Reise, und womöglich steigen sogar in ihnen Fragen und Gewissensbisse auf – Was ist bloß mit unserer Seele passiert? Wie konnte es so weit kommen? Wo sind nur unsere Träume geblieben? Schluss damit! Wir kehren nun endlich nach Hause zurück und ändern, was schief-gelaufen ist!

Das wird natürlich nicht passieren. Sobald die Klänge verhallt sind, vergessen die Krawattendiener ihre kurze Reise zu den empfindsamen und ver-nachlässigten Winkeln ihrer noch ein wenig vor-handenen Seele und machen dann weiter wie ge-habt. Business as usual.

Das Mädchen singt und singt und das Viertel zerfließt. Man zerfließt gemeinsam. Auch Kater Sandro hört zu, das Ganze hat ja ein gewisses Mit-telalter-Flair, es erinnert ihn bestimmt an das 15. Jahrhundert, als er noch Botticelli hieß und haufenweise nackte Modelle malte.

Mit Sicherheit fühlen sich auch die Ratten im Viertel von dem magischen Gesang angezogen. Wenn sie in letzter Zeit nicht aus ihren Löchern gekommen sind, heißt es nicht, dass sie nichts vom Geschehen sehen oder hören. Sie verfolgen alles sehr aufmerksam und sind zwar frustriert, aber immer noch sehr anwesend. Das kollektive Ge-dächtnis der Säugetiere erinnert sich noch an die Zeiten, als die Menschen im Gängeviertel abends zusammen saßen und gemeinsam gesungen wurde.

Dann würden sie sich vielleicht wieder nach draußen trauen.

Man sieht heute hier keine Party-Parasiten und Fans des günstigen Biers, hier hat sich das wahre Gängeviertel versammelt, die treue Armee des Viertels. Der Spirit scheint wieder zu erwachen. Die richtige Musik kann dafür immer noch sorgen. Sie lässt alle Lethargien und Bad Vibrations in Sekunden vergessen. Der Weg aus der Hölle ins Paradies ist perfekt geebnet. Das Viertel erwacht wieder.

Langsam dämmert es, Kerzen werden angezündet, es fließt der Wein, die Mädchen legen ihre Köpfe auf die Schultern der Jungs und alle träumen gemeinsam. So und nicht anders wollten die Schutzengel ihr Viertel sehen, und nun ist es endlich so weit, sie können zufrieden sein mit ihren Schützlingen. Heute haben diese den himmlischen Test bestanden. Die heftige, unruhig flatternde Aura der modernen Menschen ist aus ihren Gesichtern verschwunden, ihr Antlitz wirkt nahezu göttlich erhaben, so wie auf den Porträts, die einst die Künstler des Mittelalters auf ihren Leinwänden schufen. Göttliche Strahlkraft, aber ohne jede Übertreibung. Das Mädchen singt von Helden, von Liebe und Trauer. Angesichts all dessen fällt es leicht, sich als Held zu fühlen. Heute ist hier jede und jeder ein Held.

„Wir haben Geschichte geschrieben!" Der Satz ist wieder da.

Haldo und Noah schauen sich an und lächeln. Auch sie sind heute Helden. Wo früher in Schier's Passage die Werkstatt war, soll die neue Küche gebaut werden, viel größer und moderner, man ist schon am Werkeln.

„Dann sind wir aber kein MAACT mehr", sagt Noah.

„Nein, dann sind wir nur noch AACT: Adventure Action Cooking Team."

Einige Tage später veranstalten die zwei in Schier's Passage einen Kinder- Malworkshop. Viele Kinder sind gekommen, einige mit ihren Eltern. Es soll ein gemeinsames Bild gemalt werden, und das ist mit Kindern nicht sonderlich schwer. Kein Kind fragt, was es malen soll, anders als die Erwachsenen, alle nehmen Pinsel und Farbe und betätigen sich, ohne Vorbereitung und Fragen. Die große Leinwand steht in der Mitte auf den Stühlen und daneben unzählige Farben. Die Kinder haben Spaß. Es herrscht eine ausgelassene Stimmung, und da Haldo, wie er immer beteuert, kein Künstler ist, frittiert er Gemüse in der Pfanne. Noah behält das Geschehen auf der Leinwand im Auge. Ein buntes, expressives Bild entsteht, das sich immer wieder verändert. Vom Mut der Kinder könnten sich erwachsene Maler eine dicke Scheibe abschneiden. Sie sind nicht zu stoppen. Zum Schluss, das Bild ist fast fertig, kommt ein hagerer Junge, etwa 13 Jahre alt, und setzt die Farbe genau da an, wo sie bislang gefehlt hat, rechts unten in der Ecke. Und zwar rot. Jetzt ist das Bild perfekt. Noah fragt den Jungen, wie er heißt. Er kann aber nicht sprechen, er ist taubstumm. Er schreibt seinen Namen auf einen Zettel:

„Gregor"

Auch seine Kleidung fällt ins Auge. Nicht aus unserer Zeit, ärmlich und teilweise zerrissen. Seltsamerweise fällt der Junge außer Noah niemandem auf. Gregor geht runter zur Speckstraße und steht lange da, nimmt die ganze Atmosphäre in sich auf. Dann ist er schnell weg, verschwunden, ohne dass irgendjemand seinen Abgang mitbekommt. Gregor ist einfach vom Erdboden verschluckt.

Noah guckt sich das Bild noch einmal genauer an und glaubt neben dem roten Fleck, den Gregor hinterlassen hat, etwas zu erkennen. Er war irgendwie unheimlich, dieser Junge, meint Haldo. Ob er auch sieht, was Noah sieht?

„Das sind doch Zahlen... Oder eine Jahreszahl... 1866. Kennst du den Jungen?"

Ja, Noah kennt Gregor, aber es würde jetzt zu lange dauern, das zu erklären. Er behält es lieber für sich.

Er weiß, wer Gregor ist.

Kater Sandro zwinkert. Er weiß es auch.

16.
EIN JAHR SPÄTER

Die Medien werden wieder aktiver, das Gängeviertel erobert die Presse zurück, fast jeden Tag ein Artikel. Analysen über Analysen, Interviews werden geführt. Bei einem der Donnerstagessen wurde sogar der Finanzsenator gesichtet (es gab Ratatouille). Er genoss das Essen und die heilige Donnerstagatmosphäre sehr. Vielleicht wünschte er sich insgeheim, die Uhr zurückdrehen zu können, noch einmal jung zu sein, um sein Leben neu ausrichten und sich diesem verrückten Haufen anschließen zu können und frei zu sein.

Alles deutet nur auf das eine hin: Das Gängeviertel-Projekt hat Geburtstag!

Das wilde Baby wird ein Jahr alt. Es wimmelt nur so von Fotografen. Ein Foto hier, ein Foto da, ganze besonders die Ateliers sind gefragt, denn bis heute weiß noch niemand so richtig, was in den oberen Etagen passiert. Die Presse verbindet die Gängeviertelstory hauptsächlich mit der Wohnungsnot in Hamburg. Selten schreibt jemand über die Künstler und deren Situation. Noah öffnet als Erster sein Atelier und wird dort reichlich fotografiert. Wie ein Star. Das tut gut. Und damit nicht genug: Über ihn wird ein Film gedreht, er gibt ein Interview und spricht sich von der Seele, was einen Künstler in Hamburg so bewegt. Und das in völlig verkatertem Zustand (er hatte am Vorabend bis zum Morgengrauen in der Jupi gefeiert).

Das Gängeviertel werkelt wieder, fast wie in den Anfangstagen, die große Sause ist im Anmarsch, jede und jeder kennt seine Aufgabe, es soll eine dreitägige Party geben, rund um die Uhr. Sie wollen Kunst zeigen, singen, lesen und natürlich feiern. Auch die Küchencrew hat von der VV eine Aufgabe übertragen bekommen: Es soll ein Kochbuch gemacht werden. Ein Kochbuch mit Rezepten und Anekdoten aus dem Viertel. Die Buchkosten werden übernommen.

In einer einzigen Nacht schreibt Noah alle Geschichten dazu, wählt die Fotos aus und bittet jeden Mitkocher, jeweils drei Rezepte beizusteuern.

Ein Jahr später kann sich niemand von den Bewohnern sein Leben ohne das Gängeviertel vorstellen. Noah schon gar nicht. Haldo graut es regelrecht vor dem Gedanken. Wahrscheinlich hat ihm die Besetzung des Viertels sogar das Leben gerettet. Wahrscheinlich hätte er sich, wenn er nicht kurz vorher Noah in der Schanze getroffen hätte, wenige Tage später umgebracht.

Dieses eine Jahr kommt Noah vor als wären es zehn. Vielleicht weil die Zeit im Viertel irgendwie stillsteht. Wenn es dir schlecht geht, dann gehst du ins Viertel. Wenn du dich einsam fühlst, dann gehst du ins Viertel. Wenn du Inspiration brauchst, dann gehst du ebenfalls ins Viertel. Und wenn du die ganze Welt hasst, gehst du immer noch ins Viertel. Selbst wenn du Hoffnung brauchst, gehst du ins Viertel.

„Das Essen nicht vergessen!", meint Haldo.

Klar, wenn du Hunger hast, gehst du auch ins Viertel. Ganz zu schweigen von den anderen Möglichkeiten, die dir das Leben für eine gewisse Zeit versüßen und Not und Leid vergessen lassen.

„Hey, wir haben ein Bild von dir verkauft".

Die Nachricht aus dem Infoladen. Ein kleines Bild mit winzigem Preis, aber immerhin. Diese 80 Euro retten eine ganze Woche. Ein Bild zu verkaufen hat etwas Magisches für einen Künstler. Es geht nicht nur ums Geld, es geht vielmehr darum, dass jemand sein hart verdientes Geld für deine Kreativität, für deine Träume ausgegeben hat, du wurdest gebraucht, deine Kunst wurde anerkannt. Dieser Jemand hängt jetzt genau dieses Bild in seiner Wohnung auf und genießt es Tag für Tag.

Selbst das Kupferdiebehaus bereitet eine Gruppenausstellung in der hauseigenen Galerie vor. Dieses lange wie eingefroren wirkende Haus ist aus dem Tiefschlaf erwacht, die Menschen darin aufgetaut. Jeder Künstler darf drei Bilder ausstellen. Es ist immer eine große Freude, eine Ausstellung vor sich zu haben, man visualisiert, wie jemand das Bild begutachtet und sich endlich zum Kaufen entschließt. Oder zumindest ein Kompliment nicht scheut.

Die Fassaden werden wieder neu bemalt, bunt und manchmal albern, diese Graffiti schocken niemandem mehr, aber was soll's, die jungen Künstler haben ihren Spaß daran und für sie beginnt Kunst sowieso erst in den 90ern.

*

Der unsichtbare DJ hat in der Jupibar, wo neuerdings im hintersten Raum ein Café namens „Salome" entstanden ist, wieder seine Hände im Spiel. Eine Sammlung aus den 60ern, ruhige, folkige Songs mit der Botschaft – nimm das Leben entspannt, lehne dich zurück, mach das Beste draus, genieße deine Jahre, sei nett zu deinen Mitmenschen, begrüße morgens die Sonne und sende ihr einen Abschiedskuss zum Sonnenuntergang …

Noah sitzt dort alleine und nippt an einem Kaffee.

Aus dem Fenster beobachtet er die geschäftigen Menschen, die Akteure des Märchens mit Namen Gängeviertel. Kater Sandro spürt ebenfalls die Aufregung und läuft unruhig hin und her. Wahrscheinlich sind gerade die Geister und vor allem Herr Brahms auf dem Gelände, irgendwann wird er sich bestimmt wieder zeigen.

Die Vision, die am ersten Tag so fern und unerreichbar schien, ist nun Wirklichkeit geworden. Das Künstlerdorf ist da, Atelier neben Atelier. Eine Gemeinschaft, die zumeist aus Künstlern besteht, man arbeitet tagsüber und feiert nachts. Zwischendurch wird auch über die Kunst diskutiert, zusammen gekocht und getrunken oder auch anderen scharfen Sachen zugesprochen. Man wird interviewt, die Presse- und Fernsehleute sind geradezu besessen davon, diese Künstler aus dem Gängeviertel vor die Kamera zu bekommen…

Davon hatte Noah geträumt, als er hier noch niemanden kannte, und nun ist dieser Traum zur

212

selbstverständlichen Wirklichkeit geworden, jetzt lebt er diesen Traum.

Es ist tatsächlich mehr möglich im Leben, als man denkt. Niemand hätte, als alles nur reine Theorie war, im Ernst geglaubt, dass das Gängeviertel einmal zu dem wird, was es heute ist.

Das gibt Hoffnung.

Das Gängeviertel beweist, dass es möglich ist, den eigenen Traum zu leben, der fast schon aufgegeben war. Man darf sich nicht einschüchtern lassen, man muss dranbleiben und es immer und immer wieder versuchen. Die Mühe ist nie umsonst. Was hat man denn zu verlieren in diesem Leben? Selig sei der Punk aus Berlin, von dem dieser wunderbare Satz stammen soll:

„Nimm dein Leben nicht zu ernst, du überlebst es sowieso nicht!"

17.
ZEITREISE 2

DAS JAHR 2039

Fliegende Autos gibt es immer noch nicht, sonst hätten die Menschen im Gängeviertel irgendwo auf den Dächern einen Autolandeplatz gebaut. Auch in der Umgebung fliegen keine Objekte, nur normale Fahrzeuge sind unterwegs, die selbstverständlich etwas futuristischer aussehen. Statt dessen Solaranlagen so weit das Auge reicht (Atomenergie ist Geschichte!), fast auf jedem Hausdach. Der Strom wird selbst erzeugt, und auch in anderer Hinsicht herrscht Selbstversorgung jeglicher Art. Wie in der ehemaligen Brache, dort gibt es Hühner, Schweine, Schafe, ein Weizenfeld ... Nach dem Börsencrash und dem Zusammenbruch der Währung im Jahre 2033 hat die Selbstversorgung einen enorm hohen Stellenwert bekommen.

Vieles hat sich verändert in der Welt. So manche Staaten sind untergegangen, Systeme ebenso. Der Fresskapitalismus ist zwar immer noch da, aber er hat andere Gesichtszüge angenommen. So wie plastische OPs inzwischen an der Tagesordnung sind, wurde auch der Kapitalismus an manchen peinlichen und gealterten Teilen operiert. Ganz besonders am Mund. Er wurde quasi verkleinert. Nun wird an seinem Hintern gewerkelt, ob er kleiner oder größer wird, ist nicht bekannt.

Ja, das Gängeviertel gibt es immer noch. Und es sieht fast immer noch so aus wie vor 29 Jahren. Bunt und immer noch frisch. Keine plastische OP. Nur die Klamotten der Menschen sind anders und die Gesichter wirken etwas zufriedener als früher, aber nicht selbstgefällig, eher entspannt und dankbar. Da die weichen Drogen im Lande schon längst zugelassen sind, sitzen viele im Coffee Shop in Schier's Passage, wo früher die niedliche Teebutze eingerichtet war, und rauchen gelöst. Chillen und Rauchen ist nun eine erwünschte Beschäftigung.

Das Museum für die Gängeviertelgeschichte in der Speckstraße hat besonderen Zulauf, Menschen aus aller Welt strömen unentwegt dorthin.

Im Volksmund wird das Gängeviertel jetzt nur noch „die Insel" statt „das Viertel" genannt. Viele alte Gebäude sind durch eine Sturmflut erst vor wenigen Jahren unbewohnbar geworden, das Viertel aber hat überlebt, wie durch ein Wunder, glauben viele. Die Schutzengel haben ihren Job gut gemacht. Die Innenstadt wurde völlig neu geplant und radikal umgebaut. Viele hässliche Gebäude wurden durch noch hässlichere, futuristisch minimalistische Bauwerke ersetzt und das eher versteckte Gängeviertel ist nun für Nicht-Kenner noch schwerer zugänglich. Die Sanierung war vor 16 Jahren noch vor dem großen Sturm abgeschlossen worden, doch sogar als Kräne und Baugerüste das Bild beherrschten, gab es immer noch das kulturelle Leben, wie gewohnt mit vielen Partys und Feiern.

Auffallend viele Kinder tummeln sich im Viertel, im sonst so kinderarmen Deutschland fällt es schon auf, dass im Gängeviertel besonders viel geliebt wurde. Wo man nur hinsieht – Kinder, Kinder, Kinder. Sie werden Inselkinder genannt. Vor einigen Jahren baute man ihnen einen Kindergarten, eine Schule ist in Planung.

Einige Gebäude haben zusätzliche Stockwerke bekommen, das Gängeviertel ist also etwas in die Höhe gewachsen. Das Restaurant „Gängewiese" bewirtet über 100 Menschen am Tag. Leichte, meist vegane Kost. Dieses sehr gemütlich eingerichtete Restaurant, wo sich früher erst die Werkstatt und dann die Küche befand, lockt viele Touristen an und es wird empfohlen, die Plätze im Voraus zu reservieren. Die Veteranen des Viertels, quasi die erste Garde, treffen sich hier Punkt 14 Uhr auf einen Kaffee und plaudern über die guten alten Zeiten, ohne jegliche Nostalgie.

Immer wieder sieht man eine Delegation aus aller Herren Länder, der Erfahrungsaustausch ist wichtiger denn je. Besonders viele Besuchergruppen aus China zeigen Interesse. Nachdem die Kommunistische Partei dort die Macht verloren hat, rebelliert immer wieder die Jugend und besetzt ein Stadtviertel nach dem anderen. In Europa wurde bereits alles besetzt, was zu besetzen war, und es gibt keine Künstler mehr ohne Atelier. Das Wort *ATELIER* hat nun eine völlig andere Bedeutung als noch vor 20 Jahren. Ein Atelier ist ein Lebensraum. Heute braucht jeder Mensch ein Atelier. Kunst ist angesagt wie noch nie. Jede und jeder übt neben seinem Brotberuf noch ehrenamtlich einen zweiten Beruf als Künstler aus. Die Maxime „Jeder

Mensch ist ein Künstler" ist in die Tat umgesetzt worden. Heute sind wir alle Künstler. Auch wenn das eine gewisse Inflation der Kreativität mit sich bringt. Vorbei sind jedenfalls die Zeiten des großen Geldes im Kunstbusiness, nur die alten Meister erzielen noch Spitzenpreise.

Die Führungen auf der „Insel" nehmen kein Ende. Es gibt mindestens drei am Tag. Besonders die Gründerväter und -mütter sind gefragt und wenn man Glück hat, sieht man sie in der Gänge-wiese beim Lunch. Sie sind keine Popstars, aber durch das enorme Medieninteresse und Bücher und Filme tragen sie schon gewichtige Namen. Einige haben bereits das Rentenalter erreicht, sie leben in top sanierten Wohnungen des Viertels und schrei-ben ihre Memoiren. Immer wieder ist am Rande der Vorwurf zu hören, das Gängeviertel hätte sich selbst gentrifiziert. Nach jahrelangen schmerzvollen Diskussionen und Streitigkeiten hat sich eine radi-kale linke Gruppe vom Viertel abgespalten und nennt sich nun Gängeviertel 2, nicht hier in Ham-burg, sondern im fernen Leipzig. Kontakte zu ih-nen gibt es nicht. Zu Beginn des Spaltungsprozes-ses hat man ausschließlich über die Anwälte kom-muniziert und dies ist eine schmutzige, immer noch nicht verarbeitete Geschichte aus der nahen Ver-gangenheit. Man spricht nicht darüber, es ist das einzige Tabuthema in der bewegten Geschichte des Viertels. Was aus Gängeviertel 2 geworden ist, will hier keiner wissen. Es gibt Gerüchte, die Akteure wären schon im Partyrausch und ihren Revoluti-onsträumen untergegangen.

Dass ohne Roboter in der Gesellschaft nichts mehr geht, muss nicht besonders erwähnt werden. Die Künstler des Gängeviertels haben sich in dieser Richtung etwas einfallen lassen, eine Art Kunstperformance: Überall an den Eingängen stehen Menschen in Robotergestalt und kontrollieren das Kommen und Gehen der Besucher. Da die Besucher mit Robotern längst bestens vertraut sind, ist das für sie nichts Außergewöhnliches. Sie übersehen nur, dass diese Roboter echte Menschen sind. So schwierig ist es bereits geworden, Menschen und Roboter voneinander zu unterscheiden. „Heute sind wir alle Roboter", diesen Satz gab's auch schon mal.

Das Öl ist endgültig ausgegangen und die Luft in den Städten deutlich besser geworden. Die meisten Menschen tragen freiwillig die implantierten elektronischen Chips, die sie auf Schritt und Tritt kontrollieren, aber es gibt auch Plätze auf der Welt, wo sie nicht mehr funktionieren. Zum Beispiel hier auf der Insel. Einige Technikfreaks sind imstande, diese eingepflanzten Chips unbrauchbar zu machen, sobald man das Inselterritorium betritt. Die Stadt mag das natürlich nicht und es sind beim Staatsanwalt bereits mehrere Anzeigen eingegangen. Ein Katzund Mausspiel zwischen der Insel und der Stadt. Aber das kennt man mittlerweile, auch das ist nichts Neues mehr.

Wer jetzt denkt, das Gängeviertel schulde der Stadt Hamburg eine riesige Summe Geld, irrt sich gewaltig. Das Viertel wurde saniert, bestens saniert sogar, aber nicht mit den Geldern der Steuerzahler.

Es kam ganz anders, womit niemals jemand gerechnet hätte.

Folgendes hatte sich vor langer Zeit ereignet:

Der Pfannkuchenguru Ludovico, der Ludovico, der sich durch seine Pfannkuchenkunst im Viertel einen Namen gemacht hatte, liebte es, nachts durch Hamburg zu streifen, er war immer auf der Suche nach etwas Brauchbarem, Nützlichem oder Praktischen, und immer wurde er fündig. An jenem denkwürdigen Tag machte er eine Nachtwanderung in den Katakomben des Gängeviertels. Und das in jener Zeit, als jede und jeder im Viertel glaubte, selbst die allerletzten versteckten Winkel der Unterwelt des Viertels schon durchstöbert zu haben. Ludovico drang jedoch noch weiter vor, so weit, wie noch nie zuvor ein Gängeviertler vorgedrungen war, fast bis zu den Ratten, und er stieß auf ein Bild, datiert auf das Jahr 1887, unterschrieben von einem gewissen Vincent van Gogh. Die Experten waren sich einig: ein längst verschollen geglaubtes Meisterwerk des teuersten Malers aller Zeiten. Doch wie gelangte das Bild überhaupt ins Armenviertel von Hamburg? Die Spur wird zu Johannes Brahms führen, der als Gängeviertler möglicherweise van Gogh persönlich getroffen und von ihm das Bild gekauft oder geschenkt bekommen hatte.

Eine Sensation. So schaffte es das Gängeviertel noch einmal, kräftig die Weltpresse aufzumischen. Das Foto von Ludovico war von New York bis Hongkong in fast jeder Zeitung der Welt zu be-

219

wundern. Die Frage war nur, wem gehörte das Bild?

Dem Gängeviertel natürlich. Das Bild wurde versteigert und es brachte 80 Millionen US-Dollar ein. Davon bekam Ludovico ein Prozent als Finderlohn, also 800 000 Dollar, und er verschwand mit dem Geld in die Weiten der Welt, kam nie wieder zurück. Angeblich ließ er sich auf Tahiti nieder, heiratete eine Häuptlingstochter und brachte es zu 9 Kindern. Mit dem Rest des Geldes kaufte das Gängeviertel der Stadt den gesamten Häuserkomplex ab und ließ ihn für 30 Millionen Euro TOP sanieren.

Seitdem reißt die Suche nach geheimen Schätzen in Hamburgs Unterwelten nicht ab. Die Schatzsucher sind aktiver denn je. Sie suchen und suchen, aber bis jetzt hatte noch niemand so viel Glück wie der bescheidene Pfannkuchenmeister aus dem Gängeviertel.

Weitere Bücher des Autors bei BOD:

DER KLUB

Roman, 228 Seiten

ISBN: 9783732247080

Erscheinungsdatum: 15.07.2013

Der 27-jährige Rockmusiker Shay ist tot. Im Jenseits sanft gelandet, hat er nur einen Wunsch: Aufgenommen zu werden im dort ansässigen „Klub der 27er", um endlich seinen Idolen (Jimi Hendrix, Janis Joplin, Jim Morrison und Co.) nahe zu sein. Es gibt dabei nur ein Problem: Die Herrschaften wollen unter sich bleiben und keine neuen Mitglieder aufnehmen. Doch Shay ist beharrlich und bleibt am Ball, bis sie ihn endlich als einen der ihren akzeptieren.
Der phantastische Roman „Der Klub" entwirft mit spielerischer Leichtigkeit und viel Freude an schrägen Ideen ein mögliches Bild jenseitiger Existenz und nimmt die Fans der guten alten Rockmusik mit auf einen sehr vergnüglichen Spaziergang.

DAS GLÜCK DES KÜNSTLERS

(Von der Magie des Malens)

104 Seiten

ISBN: 9783746016290

Erscheinungsdatum: 28.11. 2017

Das Buch beschreibt auf einfache und sanft ironi-
sche Weise, wie man die Malerei für sich entdecken
kann. Die ersten naiven Schritte, die erste Freude
am Tun und am Ergebnis. Was ist Form, Farbe,
Raum, wie sollte man malen und vor allem, was
sollte man malen, wenn alles bereits gemalt und
erforscht zu sein scheint? Und lohnt es sich, pro-
fessionell den manchmal so steinigen Weg der
Kunst zu gehen?
Es ist ein lebendiges Buch voller Tricks, die von
Malern der heutigen Zeit häufig und gerne benutzt
werden und die das Malen auf faszinierende Weise
vereinfachen. Der Autor ermuntert seine Leserin-
nen und Leser dazu, ihrem Traum zu folgen, und
steht ihnen auch in den unausweichlichen Phasen
des Zweifelns mit nützlichen Tipps zur Seite.
Denn er will mit ihnen gemeinsam einen spannen-
den Weg gehen: den Weg des Künstlers!